Lew

David Colmer

Lew

Vertaald door Peter Bergsma

2003
Uitgeverij Contact
Amsterdam/Antwerpen

Deze novelle is gebaseerd op het korte verhaal 'Lew to Big City' dat oorspronkelijk verschenen is in *Panurge* 8, april 1988.

Het prentenboek waarnaar wordt verwezen als *De zwanen* is in werkelijkheid het verhaal 'Die Schwäne auf dem Wasser' uit het boek *Ein Mädchen fand einen Stein*, geschreven door Benno Pludra en geïllustreerd door Martin Schoppe, Kinderbuchverlag Berlin, 1981.

Oorspronkelijke titel *Lew*
Ontwerp omslag www.artgrafica.com
Typografie Arjen Oosterbaan
ISBN 90 254 1236 X
D\2003\0108\751
NUR 302

www.boekenwereld.com

'Hé!' De dikke man die naar talkpoeder ruikt, geeft Lew nog een por. 'Hier is het. Wakker worden.'

'Wat?'

'Het eindstation.'

Lews gezicht is klam van half opgedroogd zweet. Hij drukt op zijn ogen en wrijft erin terwijl de bus een leeg vak in sukkelt. De helft van de passagiers is al opgestaan om armen in jassen te wurmen en tassen naar beneden te halen.

'Verder gaan we niet. Terminus West.'

Lew pakt zijn tas en dringt zich het gangpad op terwijl de motor sidderend tot stilstand komt. Nu moet hij naar het metrostation lopen. De busdeuren sissen open. Als de rij in beweging komt, laat hij zich meevoeren maar kijkt tegelijkertijd achterom. Een paar passagiers zitten nog op hun plaats. Is dit echt de laatste halte? Een vrouw achter hem schraapt haar keel en Lew stapt op het asfalt vol olievlekken, alsof hij een zet heeft gekregen.

Hij had iets anders verwacht, iets groots en moderns, een gebouw als de luchthavens op tv, niet de rommelige, groezelige hangar waarin hij nu is beland. Mensen snellen in alle richtingen voorbij, schieten als mieren de openingen tussen bussen in. Lew steekt zijn voelhoorns uit en volgt hen.

Buiten is alles nat en glanzend en helder. Het heeft zeker net geregend. Het metrostation ligt nog geen honderd meter verderop aan de overkant van een drukke vierbaansweg, maar de weg wordt in tweeën gedeeld door een middenberm met een stalen afscheiding en er is geen oversteekplaats te bekennen.

Taxi's, bussen en auto's sproeien voorbij, met strepen rood licht achter zich aan. De reclame op de stationsmuur morst gekleurd licht op de schone zwarte weg. Lew wacht tot er minder verkeer is, rent dan naar de middenberm en klimt over de scheidingsbalk. Hij houdt zich eraan vast en leunt naar voren, sart de bestuurders terwijl hij op een onderbreking in de andere richting wacht. De natte stalen balk voelt koud aan.

Toen hij klein was, gingen Sha en hij graag naar de kinderspeelplaats. Veel spelen deden ze er niet. Ze zaten maar zo'n beetje te kletsen op het draaimolentje en naar de andere kinderen te kijken. Sha vond het niet erg dat ze zo'n stuk ouder was. Zei ze zelf. Ze vonden het gewoon leuk om met zijn tweetjes op stap te gaan zonder dat iemand hun op de vingers keek. Toen Sha weg was, ging hij er in zijn eentje heen en probeerde zich boven op het klimrek te herinneren waar ze allemaal over hadden gepraat. Hij probeerde hun gesprekken opnieuw af te draaien in zijn hoofd, maar dat lukte nooit zo goed.

Soms liepen ze nog verder, voorbij de speelplaats en de heuvel op naar de steengroeve, of nóg verder naar het nieuwbouwproject waar het wemelde van de zandhopen, funderingen en half afgebouwde huizen. Ze renden onafgemaakte trappen op, klommen door kozijnen, ervoor zorgend dat ze niet gesnapt werden. Er waren een heleboel dingen die hij in zijn eentje niet kon. Aan één herinnering klampt hij zich vast, een waarvan hij zeker is, scherp als een foto: Sha die achterover leunt en haar hand uitsteekt, zich met haar linkerhand aan de zijkant van het houten kozijn vasthoudt en haar rechter naar hem uitsteekt. Een arm die omlaag hangt zodat hij erlangs omhoog kan klimmen, een gezicht dat is omgedraaid, lachend, omzoomd door sprietig bruin haar. Bruine ogen die naar hem kijken, hem zachtjes aansporen, het half afgebouwde huis uit.

Lieve Lew,

Skip slaapt dus ik heb eindelijk eventjes rust en een keertje tijd om te schrijven. Vervelend dat je problemen hebt met pa en ma. Ik kan er weinig over zeggen behalve dat ik weet hoe het is en dat je alleen maar kan proberen om je er niet al te veel van aan te trekken. Met piekeren schiet je niks op. Nu ik hier gewend ben en mijn huis een beetje op orde heb kan je altijd hier komen als het te erg wordt. Ik stuur je een sleutel zodat je weet dat je altijd welkom bent. Loop gewoon maar naar binnen en doe of je thuis bent. Laat het me liefst even weten maar als er iets gebeurt, dat je echt moet komen, doe het dan gewoon. Ik ben bijna altijd thuis en ik hoop dat ik zo gauw als ik kan telefoon krijg. (Ik stuur je het nummer via je-weet-wel.) Ik weet dat pa en ma overal moeilijk over doen maar ik weet ook dat je me heel gauw zult kunnen opzoeken. Ik kijk er echt naar uit en Skip ook. Jullie vinden elkaar vast aardig. Hij wordt zo snel groot, je gelooft je ogen niet. Bijna elke dag kan hij iets nieuws zeggen en doen. Jij weet daar natuurlijk niks meer van maar zoals hij nu is doet hij me aan jou denken toen je klein was. Ik geloof dat hij zelfs op je lijkt toen maar dat weet ik natuurlijk niet zeker. (Misschien kun je me een foto sturen van toen je ongeveer drie was.)

Heel veel liefs,
Je Zus, Sha
Z.o.z.

De metro schokt hem weer bij zijn positieven. Hij kijkt op en ziet hoe hij verbaasd wordt aangestaard door zijn eigen spiegelbeeld. Hij wendt zich af, draait zich daarna helemaal om en tuurt door het raampje achter hem. Als hij zijn handen als kokers voor zijn ogen houdt, kan hij vaag iets van kabels en buizen onderscheiden. Ze volgen de tunnelmuur, maar soms is er een kink wanneer ze omhoog en weer omlaag gaan vanwege een of ander obstakel, een seinkastje of zoiets, en het lijkt wel alsof ze opveren om het te ontwijken en dan weer terugspringen naar hun oorspronkelijke baan. Hij gaat rechtop zitten en luistert. Het klinkt ook anders. Hij had het moeten merken toen ze de tunnel in reden.

Elke keer als de metro door een bocht wiebelt, verdeelt de dubbele beglazing zijn spiegelbeeld in twee bleke Lews die langzaam van elkaar schuiven en daarna weer over elkaar. Hij kijkt naar zijn handen en draait de brief om voor het plattegrondje. Erg duidelijk is het niet. Sha is te groot begonnen en hoe dichter ze bij haar flat kwam, des te propperiger en priegeliger ze het moest maken. Maar de eerste aanwijzing vanaf het metrostation is zo duidelijk als wat:

Victory Road – linksaf – 10 min. lopen (15 met zware tas)

'*The Overview*?' herhaalt de krantenverkoper. 'Heb ik niet. Wat is dat? Een week- of een maandblad?' Hij is heel klein, een dwerg bijna, met een groot hoofd en borstelige wenkbrauwen. Van achteren en opzij is zijn haar opgeschoren, maar bovenop staat het recht overeind en het komt in bosjes uit zijn oren. Lew legt uit wat hij wil.

'Een adres? Zeg dat dan.

Wat is dat? Een plattegrond? Geef eens hier...

Hmmm, "Victory Road"... Dat is niet hier, dat is kilometers verderop...

"Linksaf – 10 min.," tja, dat ligt er maar aan naar welke kant je met je gezicht staat, hè?

Ah! Nu snap ik het. Dus daar probeer je achter te komen, hoe je bij The Overview komt! Zeg dat dan meteen!

Nee, ik heb geen idee. Maar ik kan het aan iemand vragen.'

Lew overweegt de brief terug te graaien maar de krantenverkoper is hem voor en heeft hem al in zijn andere hand. Net als de pestkoppen op school. Nou, Lew is heus niet zo stom om ze hun zin te geven en een nutteloze uitval te doen. Hij kijkt naar de brief en probeert ontspannen te blijven. Een vrouw van middelbare leeftijd in een tweed pakje komt hun kant op.

'Pardon, mevrouw,' brult de krantenverkoper. De vrouw keurt hem geen blik waardig en loopt door. Hij draait zich weer om naar Lew en haalt verontschuldigend zijn schouders op.

'Waar moet je heen?' lacht een sjofele vrouw die al de hele tijd bij de kiosk staat.

'The Overview? Waar is dat?' Ze steekt haar hand uit naar de brief en de krantenverkoper geeft hem haar zonder tegensputteren.

'O, daar! Dat weet ik wel. Ze hebben de naam veranderd. Vroeger heette het The Pleasant Estate.'

'Daar woont mijn zus,' legt Lew uit.

'Hij gaat zijn zus opzoeken,' verklaart de krantenverkoper tegen niemand in het bijzonder. Lew voelt zijn wangen en oren kleuren. 'Welke kant is het op?'

'Het is niet ver,' zegt ze. 'Je bent aan de verkeerde kant het station uit gekomen, maar hierlangs is het nog korter. Je loopt gewoon naar dat kruispunt daar, waar dat witte busje afslaat. Zie je dat? Daar ga je rechtsaf, dan kom je regelrecht op Victory Road. Kan niet missen.'

'Daar kun je zo'n jongen niet heen sturen.'

'Kop dicht jij,' dreigt de vriendelijke vrouw. 'Let maar niet op hem,' fluistert ze tegen Lew, 'hij is niet helemaal goed snik.'

De weg die ze hem gewezen heeft, is uitgestorven. Groezelige gesloten winkels maken plaats voor groezelige gesloten kantoortjes en daarna is er helemaal niets meer, in de vorm van een lange muur van baksteen met hoge ramen. Lew kan niet uitmaken of het een fabriek of een gevangenis is en houdt het ten slotte op een spoorwegemplacement.

Een vrouw die vanaf de andere kant komt, blijft staan alsof ze niet weet waar ze is. Als ze weer in beweging komt, wankelt ze. Ze ziet er doodziek uit. Ze heeft dikke lagen make-up op maar toch lijkt ze compleet afgepeigerd. Ze ziet eruit alsof ze elk moment kan struikelen en vallen. Lews benen zijn gespannen, hij is klaar om naar voren te springen en haar op te vangen. Vlak naast hen maakt een auto een U-bocht en ze kijken allebei weg van de koplampen. Lew kijkt voor zich uit naar een rij bomen tussen de muur en de straat, waar het donker is op een enkele straatlantaarn en de lichten van de auto's na, en nu snapt hij waarom ze allemaal zo langzaam rijden. Het is vanwege de vrouwen. Ze staan alleen of in groepjes van twee of drie. Waar het asfalt van het trottoir is gebarsten door de boomwortels. Lew weet wat er aan de hand is, hij heeft het op tv gezien, maar nooit in het echt, nooit zo troosteloos of laag-bij-de-gronds.

Hij probeert niet op hen te letten, maar hij is niet blind. Make-up, haar, kousen, tieten... Sommigen hebben alleen hotpants en een piepklein topje aan onder een open jas. Als ze zien dat hij naar hen kijkt, roepen ze: 'Hé... grote knul... waarom heb je zo'n haast?' en ze lachen.

Een dikke vrouw steekt haar been richting straat, zoals op een oude zwart-witposter. Ze heeft het minste aan van allemaal. Haar tieten zijn gigantisch en hangen over rollen buikvet omlaag. Lew staart naar haar. Hoe kan iemand... Hij slikt. Haar rok kruipt omhoog over een enorme dij vol putjes die meer op een middel dan een deel van een been lijkt. Als ze zijn kant op kijkt, draait hij zich gauw om. Stemmen volgen hem over de straat – 'Kom terug... Hou je niet van meisjes?

Ben jij nou een kerel?' – en gelach. Hij ruikt nog steeds parfum en zijn hart bonkt tegen zijn borst. Hij blijft lopen maar wil eigenlijk rennen.

Hij heeft hen achter zich gelaten en is weer gekalmeerd als hij een meisje vanaf de andere kant ziet komen. Ze heeft normale kleren aan en lijkt ongeveer net zo oud als hij. Onwillekeurig staart hij haar aan. Niet omdat ze er raar uitziet of zo, maar omdat hij nog altijd in de war is. Opeens bedenkt hij dat hij haar moet waarschuwen. Hij kan haar niet zomaar daarheen laten lopen. Hij doet een paar stappen in haar richting, maar voor hij iets kan zeggen kijkt ze hem recht aan en zegt: 'Twintig?'

Hij schudt zijn hoofd, heftig, draait zich om en begint te lopen.

'Vijftien?' roept ze hem na.

Lew heeft het gevoel dat hij moet huilen en slaat de hoek om. Wat is dit voor buurt? Waarom heeft Sha niets gezegd? Dat meisje was niet ouder dan hij Ze zag er niet eens anders uit. Ze zou bij hem in de klas kunnen zitten. Spijkerbroek en een windjack. Steil haar en sproeten. Alleen haar ogen... Daar was iets raars mee, alsof ze op de automatische piloot stond, alsof ze er niet helemaal was, er miste iets.

'Je zuster is weg,' had zijn moeder gezegd toen hij vroeg waar Sha was. 'Je hebt geen zuster meer.'

Hij was nog maar een kind, hij zat nog op de basisschool, en dat was alles wat ze zei.

'Die slet!' mompelde zijn vader en Lew begreep nooit waarom. Hij begreep nooit waarom zijn ouders zeiden wat ze zeiden, waarom ze deden wat ze deden. Hij had er nooit iets van begrepen. Het was een en al leugens en haat. Waarom had Sha niets gezegd?

Hij loopt nog een paar stappen verder door de straat, wrijft in zijn ogen en gaat plotseling op een laag muurtje zitten, waar hij diep ademhaalt om niet te hoeven huilen. Iemand die in zijn richting loopt, wijkt uit naar het midden van de straat.

Terwijl hij zich opzij buigt met zijn gewicht op zijn ene voet gluurt Lew door de gleuf van Sha's brievenbus. Hij staart naar de groene houten deur. Het raam van bobbeltjesglas is gebarsten en uit een hoek mist een driehoekje. Iemand heeft een stuk spaanplaat tegen de binnenkant gespijkerd. Het geluid dat hij hoorde, kwam zeker van de buren. Hij strijkt met zijn handpalm zijn haar naar achteren en probeert de bel nog eens. Tevergeefs.

Hij heeft zich deze aankomst zo vaak voorgesteld. Hoe hij zou aanbellen. De voetstappen die hij achter de deur zou horen. Hoe Sha de deur halfopen zou doen terwijl ze keek wie het was. Niet echt achterdochtig, maar met een in zichzelf gekeerd, uitdrukkingsloos gezicht en steil bruin haar en bruine ogen die niets uitstraalden – heel even maar – want nu heeft ze hem herkend en in diezelfde fractie van een seconde de deur wijd opengegooid. Stralend.

Stom. Hij zou wel met zijn hoofd tegen de deur kunnen bonken. Wat een stommeling. Hij kijkt van de overloop naar beneden en volgt met zijn ogen een passerende auto. Het is zijn eigen schuld. Als hij het maar niet zo erg had gewild, was het misschien nog wel zo gegaan ook. Terwijl hij naar een paar porseleinen herdertjes op de vensterbank van de buren staart, wurmt hij de sleutel uit het kleine voorzakje van zijn spijkerbroek.

Als hij de deur openduwt, schuift er een stapel papier over de vloer, maar daar luistert hij niet naar. Hij hoort stemmen. Gedempte stemmen. Pal tegenover de deur is een muur en aan de linkerkant is een trap. Hij staat in een soort alkoof. Lew zuigt zijn lippen tussen zijn tanden, steekt zijn ene been naar achter en trekt met zijn voet zijn tas de flat in. Misschien was de bel niet hard genoeg.

'Sha? Hallo? Ben je daar?' Hij doet het licht aan en de deur achter zich dicht. Het spaanplaat dat tegen het kapotte raampje is gespijkerd was van buiten wit maar aan de binnenkant is het rood. De deur boven aan de trap is dicht. Lew probeert weer te roepen, maar zijn stem slaat over en eindigt in gepiep. Hij schraapt haastig zijn keel. 'Hallo, Sha?'

Hij loopt de trap op en laat zijn vingers over het rozenbehang gaan. Het laat los, de naden zijn omgekruld en gescheurd. De rozen zijn fluweelachtig en iets dikker dan de papieren ondergrond. De trap is van beton. Hij is rood geverfd, maar lang geleden of met de verkeerde verf, en elke tree schijnt grijs door op de plek waar er mensen overheen hebben gelopen. Behalve de laatste tree voor de deur.

Hij probeert wijs te worden uit de stemmen. Het zijn een man en een vrouw, maar hij verstaat niet wat ze zeggen. Het klinkt bijna als schreeuwen, maar als het schreeuwen is, kan het nooit zo dichtbij zijn. Nog voordat hij heeft aangeklopt stopt zijn hand in de lucht. Is dat gehuil? Bijna rent hij de trap weer af. Maar misschien is het echt bij de buren.

Nadat hij heeft aangeklopt, gewacht, aangeklopt en nog eens aangeklopt, doet hij de deur open. Erachter brandt licht. Op een soort overloop met nog vier deuren. De stemmen komen uit de kamer links en zijn nu een stuk duidelijker. Jezus, het is de tv! Op het moment dat hij dat beseft, begint er een jingle. Shit. Hij klopt aan maar er komt geen reactie zodat hij de deur maar opendoet. Het is de woonkamer en het is er donker. En het is niet de tv, het is een radio. 'Sha?' Maar de kamer is even leeg als hij voelt.

Een matras met een overtrek en grote kussens doet dienst als bank. Een van de kussens ligt plat als een hoofdkussen en een grijze wollen deken is op de grond geduwd. Alsof Sha net is opgestaan om hem binnen te laten.

Aan de ene kant van de kamer zijn een glazen wand en een balkon. Aan de andere is een deur waardoor je in de keuken komt. Op de vloer aan de balkonkant staat een stereo-installatie, maar de stemmen komen uit een wekkerradio naast de matras. Lew zet hem uit, weer aan, dan weer uit, maar wat hij ook doet, de commercials tetteren maar door, dus bukt hij zich en trekt de stekker onder de tafel eruit. Sha heeft zeker even geslapen en moest daarna ergens naar toe. Zeker al wakker geworden voor de wekker ging en vergeten hem af te zetten.

Hij legt zijn hand op de theepot. IJskoud. De melk in het pak is ook bedorven. Dát ruikt er zo raar. Ze is zeker al de hele dag weg. Hij pakt de wekker om te kijken op hoe laat hij was ingesteld, maar hij heeft hem eruit getrokken. Stom.

Het is nooit in hem opgekomen dat ze niet thuis zou kunnen zijn. Net wat voor hem. Natuurlijk gaat ze nooit de deur uit. Ze heeft het hele afgelopen jaar thuis zitten wachten tot hij kwam. Hij had altijd gedacht dat ze hem de sleutel had gestuurd om hem te laten zien dat hij welkom was, als een soort gebaar, symbolisch. Niet omdat ze dacht dat hij hem misschien zou moeten gebruiken.

Hij komt er niet achter hoe de balkondeur open moet, dus zet hij het keukenraam maar open. De melk is echt bedorven. Er zitten klonten in en het stinkt, en hij moet het pak schudden om alles eruit te krijgen. Hij draait de kraan open en richt het pijpje naar links en naar rechts om het weg te spoelen. Sha is vast het hele weekend al weg. Een stuk brood is harder dan de plank waarop het ligt. Hij haalt de vuile kopjes uit de woonkamer en zet ze op de wankele stapel op het aanrecht.

Sha's boeken, Skips boeken, brieven in enveloppen, schrijfgerei, tekeningen... De tafel ligt bezaaid met papier. Lew maakt aan een kant een stapel van de papieren en de boeken en kijkt naar Skips tekeningen. Hij draait ze om en probeert erachter te komen wat ze voorstellen en wat de bovenkant is. Hij vergelijkt ze met die aan de muur. Die had Sha zeker meegenomen toen ze de flat kreeg. Hij probeert zich te herinneren wat meneer Case zei over hoe kindertekeningen veranderen en wanneer, maar hij wil niet aan Case denken dus schuift hij Skips tekeningen onder de boeken.

Aan de keukendeur hangt een kalender met een foto van een paar Chinees uitziende kinderen erop. Hij kijkt ernaar. Sha heeft een dikke blauwe kring rond de datum van morgen getrokken en een lijn die de kring met een opgevouwen papier verbindt dat aan de onderkant van de kalender is vastgemaakt.

Mw. Sharon Neall,

Betreft: het om administratieve redenen niet ontvangen van Huursubsidiebetalingen voor The Overview No. 57

Onder verwijzing naar ons schrijven van 27 november 1985 en 5 januari 1986, waarvan kopieën zijn bijgesloten, hebben wij kunnen vaststellen dat de bedragen die op uw huurrekening in mindering dienden te worden gebracht vanaf het moment dat u in het Huursubsidieprogramma werd opgenomen en met terugwerkende kracht tot het moment waarop u voor opname in aanmerking kwam, volledig door ons kantoor zijn uitbetaald; als gevolg van een storing in ons computerboekhoudsysteem zijn de betalingen echter niet vrijgegeven voor opname door het Ge-

meenschappelijk Huuradministratiekantoor. Dientengevolge zijn de betrokken betalingen nu bevroren en uitsluitend toegankelijk indien u een officiële verklaring overlegt waarin u toestemming verleent om de gelden voor dit doel aan te wenden. Onnodig te zeggen dat de gelden niet voor enig ander doel beschikbaar zijn, maar aan de wettelijke voorwaarden moet worden voldaan. Gezien de urgentie van de zaak hebben wij een afspraak geregeld voor TIEN UUR 'S MORGENS *op* ZESTIEN APRIL *bij ons op kantoor.*

Hoogachtend,

Mw. K.L. Painter
namens het Huursubsidieprogramma

Lew leest de brief eenmaal door, en nog eens, langzamer. Ook al komt Sha vanavond niet meer, daar zal ze wel voor terugkomen.

Hij rent de trap af, stuit zijn vaart met zijn handen tegen de muur, gaat gehurkt naast zijn tas zitten en begint de papieren achter de deur te sorteren. Bovenop ligt alleen maar reclame. Drie exemplaren van hetzelfde huis-aan-huisblaadje en een handjevol kaartjes van een of ander taxibedrijf. Dan een groene envelop met SHA op de voorkant gekalkt met dik zwart potlood. Er is ook een aan Sha geadresseerde vensterenvelop, maar die is evenmin dichtgeplakt. Lew snapt er niets van... Misschien heeft Sha ze opengemaakt en gewoon laten liggen. Hij vouwt de achterflap van de officiële brief om en houdt hem scheef in het licht. De lijm is intact. Hij is nooit dichtgeplakt geweest.

Onder nog meer reclame vindt hij een brief van de elektriciteitsmaatschappij en nog iets officieels, en daaronder ligt een brief die hij kent. Hij pakt hem. Het is de brief die hij vlak voor de beroerte van Case had gestuurd. Hij heeft er tijden over gedaan.

Helemaal onderop ligt een briefje van Sha, met kleurkrijt op de achterkant van een stuk kerstpapier gekrabbeld:

EVEN SNEL DE DEUR UIT – SNEL TERUG – GA NIET WEG

SHA XXX

Lew laat de zijkanten van zijn basketbalschoenen over de grond slepen en fluit telkens weer hetzelfde stomme riedeltje. Hij weet niet eens waar het van is, maar dat helpt hem niet om het uit zijn hoofd te krijgen. Er is bijna niemand te zien en dat verbaast hem. Niet dat hij er echt over heeft nagedacht, maar hij had toch op de een of andere manier iets anders verwacht: mensen, auto's, sirenes... De enige keer dat hij meerdere mensen ziet, is bij een rij voor een telefooncel. Ernaast is nog een telefoon maar daar staat niemand. Zeker kapot.

Hij heeft Sha's jas geleend en hij steekt zijn handen diep in de zakken en grijnst. Het is precies het soort jas dat zijn moeder hem nooit zou laten aantrekken. 'Je lijkt wel een dakloze,' zou ze vijftien keer hebben gezegd voordat ze de jas afpakte en aan een van de zuipschuiten op de wijkpost gaf. Daarna zou elke zondagavond als de oude zwerver kwam aanzetten voor gratis soep de jas steeds goorder, steeds havelozer worden, en dan zou ze hem aanstoten en voor iedereen hoorbaar fluisteren: 'Zie je nou, Lew, hoe hij eruitziet?'

Hij zou een foto van zichzelf moeten laten maken met Sha's jas aan en die als ansicht sturen: 'Lieve pappie en mammie, het was koud toen ik hier kwam dus Sha heeft me haar jas geleend. Het is hier leuk. Blij dat jullie er niet bij zijn.'

Hij had geen briefjes achtergelaten en hij had niets gezegd. Was gewoon stiekem van school naar huis gegaan op een moment dat hij wist dat daar niemand was en hem gesmeerd. Laf. Hij had het moeten doen zoals Sha. Hij had het hun recht in hun gezicht moeten zeggen, in elk geval zijn moeder. Toen

Sha wegging, was hij nog maar een onnozel kind dat pas in de gaten kreeg dat er iets aan de hand was op de morgen dat hun vader net naar zijn werk was en Sha door de achterdeur kwam in plaats van uit haar slaapkamer.

Hij zat te ontbijten aan tafel en zijn moeder stond met een strak gezicht op. Zij en Sha begonnen ruzie te maken over iets wat hij niet begreep en toen kapte Sha het af. 'Ik word ziek van je. Je bent zielig, je bent niet geschikt om een moeder te zijn.'

'Jij weet altijd alles beter. Op je zestiende denk je dat je alles beter weet.'

Lew keek van de een naar de ander en wachtte tot er iets zou gebeuren, maar ze bleven allebei gewoon waar ze waren en het werd stil in de kamer en dat bleef het een hele tijd.

'Wacht maar tot je vader thuiskomt.'

'Ik kijk wel link uit.'

Lew had het gevoel dat hij moest huilen. Sha draaide zich naar hem om. 'Het spijt me, Lew.'

Hun moeder kwam met een vlugge stap tussen hen in staan. 'Als je nu weggaat, hoef je nooit meer terug te komen.'

'Wees daar maar niet bang voor.'

Sinds die tijd heeft Lew haar niet meer gezien.

Hij loopt een stukje naar beneden en dan in een opwelling een smal straatje in. Het asfalt loopt af naar een goot in het midden en het straatje is te smal om er auto's te parkeren. Er zijn alleen maar bakken en zakken met vuilnis en hier en daar wat afgedankte meubels. Een kat bij een gescheurde vuilniszak schrikt van Lews voetstappen. Hij blijft doodstil zitten tot Lew bijna bij hem is, duikt dan ineen – rug omhoog, kop omlaag – blaast, rent regelrecht naar een muur en glipt door een spleet.

Sha is vast een lang weekend weg. Dat deed ze wel vaker.

Ze had hem een keer een kaart gestuurd van een plek met een strand. Het was midden in de winter en hij wist nog dat ze had geklaagd dat ze geen kaarten met wolken en plassen kon vinden.

Het straatje komt in een scherpe bocht uit op een grotere straat in de buurt van een paar zaakjes. De hamburgers zijn een stuk duurder dan hij gewend is, dus houdt hij het maar bij friet en bestudeert tijdens het wachten de strandtaferelen van Air Malta. Waar zie je de meeste Maltezer kruisen? Op het naaktstrand van Malta. Lew grijnst en steekt zijn hand uit voor het wisselgeld. Die Maltezers boeren blijkbaar niet slecht, want de man die het hem geeft is een Chinees.

Zodra hij buiten is, propt hij een grote friet in zijn mond maar die is veel te heet en hij moet hijgen en blazen en hem tussen zijn tanden houden om hem te laten afkoelen. Hij zuigt koude lucht naar binnen en voelt met het puntje van zijn tong aan de binnenkant van zijn wang. Hij heeft een blaar.

Het briefje dat hij op Sha's deur heeft gehangen is er nog:

Lieve Sha (& Skip),
Ik ben er! Maar jullie niet dus ik heb de sleutel gebruikt. Ik ga alleen even friet halen en een beetje rondkijken dus als jullie eerder terugkomen dan ik kom ik er zo aan.
Liefs Lew.

Hij haalt het eraf, begraaft het in zijn zak en gebruikt de sleutel weer.

Het is een lange dag geweest maar toch wil hij opblijven voor het geval dat Sha terugkomt. Hij pakt een krant van de vloer naast de matras, vouwt hem open en kijkt naar de voorpagina. De woorden DODELIJKE SPRONG trekken zijn aandacht.

DODELIJKE SPRONG VEROORZAAKT VERKEERSCHAOS
Het verkeer in Admiral Street werd gisteren vijfendertig minuten opgehouden nadat een onbekende vrouw van de daktuin van warenhuis The Sun was gesprongen. De vrouw was in het illegale bezit van een aantal creditcards en werd aanvankelijk ten onrechte geïdentificeerd als Constance Henderson uit Bellevue. De overledene had deze naam eerder gebruikt om enkele aankopen te doen en eveneens toen ze een peuter (een jongetje, geschatte leeftijd 18 maanden) in de klantencrèche van het warenhuis achterliet. Er waren geen getuigen van de dodelijke sprong en noch op de springster noch op het kind is enig identificatiemateriaal aangetroffen.

Lew laat zich achterover zakken in de kussens. Waarom zou iemand zoiets willen doen? Nu is hij tenminste hier. Thuis was hij altijd bang dat het Sha zou zijn. Hij droomde zelfs over dingen die hij in de krant had gelezen of op tv gezien. Het maakte niet uit of er een reden was waarom het onmogelijk Sha kon zijn. Zoals het hem ook nu aangrijpt, ook al gaat het om een kind dat niet oud genoeg is en heeft hij de krant waarin het ongeluk staat in Sha's eigen kamer gevonden.

Als zijn ouders dat soort artikelen zagen, zeiden ze altijd dat die dingen gebeurden omdat de stad verdorven was. Over Sha hadden ze het nooit. Toen hij meneer Case ernaar vroeg, zei die dat de meeste krantenverhalen niet waar waren. Hij zei dat journalisten ze alleen maar verzonnen om kranten te verkopen. Het klonk Lew logisch in de oren, maar het hielp niet echt en de nachtmerries bleven terugkomen tot er weer een brief van Sha arriveerde waaruit bleek dat alles goed met haar was.

Sha was vast verdrietig toen ze daar lag en de krant las. Ze had zich vast voorgesteld dat het Skip zou zijn geweest die alleen achterbleef...

Op de plank boven de tafel vindt hij een halfvol pakje sigaretten en hij neemt er een. Doe of je thuis bent, denkt hij.

Ze zijn sterker dan hij gewend is en van het eerste trekje moet hij hoesten. Het is een merk waarvan hij nooit heeft gehoord, Caballero. Ze zijn buitenlands, Duits misschien.

Iemand heeft iets op het doosje geschreven. De inkt heeft niet gepakt op het karton en het is meer een indruk dan iets anders. Als hij het in een hoek onder de lamp houdt, kan Lew het net lezen. 'Bob' nee, 'Rob', en een telefoonnummer. Hij moet zorgen dat hij het niet vergeet en het pakje niet weggooit. Dan schudt hij zijn hoofd: ze zijn niet eens van hem, laat staan dat hij ze kan weggooien. Zonder te inhaleren paft hij de sigaret tot het filter op voordat hij het opgeeft en hem uitdrukt. Hij legt zijn hoofd op zijn armen.

Hij zit aan de tafel en Sha is iets te eten voor hem aan het maken in de keuken. Ze maakt groente schoon. Als hij vraagt of hij kan helpen, zegt ze hem dat hij moet gaan zitten en het ervan nemen, doen of hij thuis is. Hij glimlacht en herhaalt de woorden: 'Doe of je thuis bent.'

Skip slaapt maar Lew wil hem zien en gaat zijn slaapkamer binnen. Het is raar, maar het lijkt precies de kamer waarin hijzelf sliep in het oude huis. Skip slaapt als een roos. Hij heeft de meeste dekens van zich af geduwd, maar hij heeft het nog steeds warm. De fijne haartjes rond zijn slapen plakken vochtig tegen zijn huid. Lew gaat naast het bed staan, kijkt even naar hem, bukt zich en trekt het laken over hem heen.

'Wat doe je?' sist Sha. Lew draait zich vliegensvlug om. Hij wist niet eens dat ze er was. Ze ziet er boos en ontdaan uit.

'Ik dekte hem alleen even toe.' Hij verontschuldigt zich alsof hij iets verkeerds deed.

'Laat hem,' zegt ze. 'Zo maak je hem wakker. Je eten wordt koud.'

Terug aan de tafel voelt alles raar. Er is iets veranderd en Lew snapt niet wat. Maar het eten ziet er lekker uit. Het dampt. Hij schept een lepel vol, verwachtend dat het echt heet zal zijn, maar als hij proeft, is het voornamelijk koud. Het is alleen aan de buitenkant warm. Het zijn alleen half opgewarmde kliekjes. Waarom deed Sha dan alsof ze iets aan het koken was? Hij begint in paniek te raken. Hij probeert kalm te blijven en nog een lepel te nemen, maar die is nog kouder dan de vorige.

'Weet je, je lijkt sprekend op pa,' zegt Sha en Lew verslikt zich in een brokje ijs. Hij krijgt het er niet uit, maar hij mag haar niet laten merken dat hij zich verslikt heeft, en hij voelt een scherpe pijn in zijn keel, en hij denkt dat het ijs misschien een scherpe rand heeft. Hij kijkt op van zijn bord en ziet dat het Sha is die op pa lijkt. 'Nee, jij!' schreeuwt hij.

'Nee!' schreeuwt ze nog harder terug. 'Jij lijkt op hem! Jij!'

'Nee!' roept hij. 'Nee!'

Met een ruk komt hij omhoog van de tafel. Zijn nek is stijf en zijn mond droog. Zijn gezicht is klam van half opgedroogd zweet. Hij staat op, strompelt naar de matras en gaat liggen.

Lew staat bij een bushokje tegenover het huursubsidiekantoor en rookt nog een sigaret van Sha. Bij een verstopte afvoer heeft zich een smerige plas gevormd en elke keer als er een bus stopt, spat er een golf water tegen de zijkant van de goot. Hij neemt een laatste trekje en schiet de peuk in het water. Een geparkeerde auto heeft zeker olie gelekt of het is uit een bus gelopen, want over het wolkgrijze oppervlak trekt langzaam een veelkleurig waas dat glimmert en van vorm verandert.

Hij glimlacht. Hij denkt aan de vakanties toen hij klein was. Aan 'herinneringen aan herinneringen' en 'schilderijen van schilderijen'. Daar had meneer Case het over gehad bij tekenen. Een schilderij van een schilderij maken. Hij zei dat schilderijen net herinneringen waren. Als je je iets meer dan eens herinnert, begin je je te herinneren dat je het je herinnerde, en hoe meer je het je herinnert, des te minder kun je er zeker van zijn dat wat je je herinnert inderdaad hét is. 'Herinneringen zijn geen goede vrienden. Hoe vertrouwder ze zijn, des te minder kun je ze vertrouwen.' Zoiets. De rest van de kinderen luisterde niet en Case praatte half tegen zichzelf zoals altijd, maar Lew deed zijn best om elk woord op te vangen. Hij vond het een doodeng idee.

Hij probeert aan de vakantie te denken, maar daar heeft hij al zo vaak aan gedacht dat hij niet zeker meer weet of het waar is. Hij zat met Sha op een boomwortel aan de oever van de rivier en het was erg warm. Hij kan nauwelijks geloven dat het zo warm was als in zijn herinnering. Alsof het daarna nooit meer zo warm is geweest. In zijn herinnering is het zo warm dat de lucht boven de grond bewoog zoals wanneer je een oven opendoet en de hitte eruit stroomt.

De zon schijnt en de lucht is blauw. De witte wolken die door de blauwe lucht trekken, tekenen zich scherp af, alsof ze erop zijn geplakt. Hij proeft sinaasappel. Elk partje zoet en nat in zijn dorstige mond, en ook de sinaasappel smaakt te lekker. Alsof er sindsdien niet meer zo'n zoete of sappige sinaasappel is gegroeid. Sha pelt nog een sinaasappel met een zakmes – langzaam en zorgvuldig. Als de strook schil breekt, gooit ze hem in het water en de lange sliert drijft weg, even scherp omlijnd als de wolken in de lucht. Ze praten en lachen.

Lew concentreert zich op elk afzonderlijk stukje herinnering en probeert ze tot zich te laten komen zonder zich er druk over te maken of ze waar zijn of niet. Hij keek op en zag iets vreemds – hout en vinyl – dat half was ondergedompeld in het groenig bruine water. Het was hun picknicktafel. Op het moment dat ze hem herkenden, zagen ze midden in de rivier steeds meer spullen van hun ouders drijven. De stroming was zo zwak dat de dingen niet in het water draaiden of tolden, ze kwamen kalm en gestaag voorbij als op een lopende band.

Sha en Lew begonnen terug naar de tent te rennen, tussen de bomen door, om hun spullen te redden. De grond waarop hun voeten neerkwamen, was hard en gebarsten. Lews borst stond op knappen terwijl hij Sha's moeiteloze pas probeerde bij te houden. Ze begrepen er niets van. Dachten dat er op de een of andere manier een stortvloed uit de blauwe lucht was komen vallen die alles wegspoelde, maar toen ze dichterbij kwamen, hoorden ze hun ouders ruziemaken – schreeuwen en elkaar beledigen. Ze gooiden om beurten dingen in de rivier om hun argumenten kracht bij te zetten. Sha bleef stokstijf staan, geschrokken. Toen glimlachte ze plotseling en draaide zich om naar Lew, grijnsde, drukte een vinger tegen haar lippen, en ze vielen allebei giechelend en lachend op de grond. Vurig hopend dat hun ouders het niet zouden horen.

De kleuren op de plas verspreiden zich dun en bleekjes, komen dan fel weer bij elkaar. Lew kan niet zeggen wat voor kleuren het zijn of wat voor vormen ze maken. De kleuren zijn als zijn herinneringen. Ze willen niet stil blijven liggen. Hij heeft altijd het gevoel dat er iets ontbreekt, dat er iets niet klopt. Maar nu kan hij het heel gauw aan Sha vragen. Hij glimlacht.

Als er een bus bij de halte stopt, staat Lew op en kijkt erdoorheen om de deur in de gaten te houden. Als een spion in een film. Hij loopt de hele bus langs zonder het kantoor uit het oog te verliezen. Sha is vast al binnen, zoveel te laat kan ze niet zijn. En de bus is vast te vroeg, de chauffeur heeft geen haast om te vertrekken.

Opeens bedenkt Lew dat het gebouw dat hij in de gaten houdt misschien nog een andere ingang heeft. Hij sprint de weg over, rent over het trottoir naar de hoek en probeert erachter te komen of het gebouw ook op die straat uitkomt. Zo te zien niet, maar hij weet het niet zeker. Hij wipt van zijn ene voet op de andere, waagt het erop en rent naar de eerste deur, speurt de rij naambordjes af en stormt terug. Aan de straat te zien is er niemand naar buiten gekomen. Hij gelooft evenmin dat Sha tijd genoeg heeft gehad om te komen opdagen en naar binnen te gaan.

'Wat zoek je, knul?

De hal is hermetisch afgesloten door een elektrische glazen deur vóór hem en een veiligheidshokje achter een raam aan zijn linkerhand. Lew haalt zijn hand van de deurkruk en kijkt naar de naam op Sha's brief. 'Het kantoor van mevrouw Painter.'

'Heb je een afspraak?'

Hij knikt.

'Naam.' De bewaker heeft een groot boek voor zich liggen. Lew tuurt naar de opgeslagen bladzij.

'Ik kom voor mijn zus.'

'Wat?'

'Mijn zus heeft een afspraak, Sharon Neall.'

'En?'

'Ik zou haar hier zien.'

'Het is hier geen straathoek. Je kan hier niet zomaar binnenwandelen omdat je iemand wil zien.'

'Ik wil alleen weten of ze er al is, of ik moet blijven wachten.'

'Daarover mag ik geen mededelingen doen.'

Lew bijt op zijn lippen en kijkt naar de tegelvloer. Aan de andere kant van de glazen deur ligt tapijt. De bewaker fronst. 'Wanneer had ze er moeten zijn?' Lew laat hem de brief zien. Snel laat de man zijn vinger over de bladzij gaan. Hij schudt zijn hoofd. 'Ze is niet komen opdagen.'

Er gaat een zoemer als Lew de deur van de minisupermarkt opendoet. De man achter de kassa kijkt op van zijn buitenlandse krant en beantwoordt Lews geknikte hallo met een eigen knikje. Lew rinkelt met de munten in zijn zak. De winkel is lang en smal en in twee gangpaden verdeeld door een grote stelling in het midden. Lew hangt een draadijzeren boodschappenmandje aan zijn ene arm en slentert het rechterpad door. Hij pakt dingen van de schappen, bekijkt prijzen en vergelijkt de merken. Tegelijkertijd kijkt hij omhoog naar de bolle spiegel in de hoek boven de koelkast. Het bruine ovaal van het gezicht van de man achter de kassa bestudeert zijn spiegelbeeld. 'Lul,' mompelt Lew en hij probeert te doen alsof hij iets zoekt wat hij niet kan vinden. Alles is peperduur, maar hij kan niet weggaan zonder iets te kopen.

De zoemer klinkt langdurig en luid. Lew laat zijn blik naar de spiegel schieten en een blikje tonijn in de binnenzak van Sha's jas.

'Uit! Mammie, uit!' gilt een kind. Lew doet een stap achteruit. Het enige dat hij kan zien, is een spijkerbroek en een vormeloze, zwarte katoenen jas. De moeder buigt zich over het wandelwagentje om het kind los te maken, dat zo'n beetje de juiste leeftijd heeft. Lew staart naar haar rug. Hij doet een halve stap in haar richting. Ze heeft ongeveer het juiste postuur. Zijn mond is halfopen en klaar om in een grijns uit te barsten. In een stomme, stralende grijns. De vrouw tilt haar zoontje uit zijn wagentje, draait zich om om hem neer te zetten en staart omhoog naar Lew. Hij kijkt gauw de andere kant op.

Hij wist wel dat het Sha niet was. Hij deed maar alsof, om te oefenen voor als hij haar echt ziet. Nu haalt hij diep adem en doet een paar achteloze stappen in de richting van de koelkast. Hij begint de prijzen van verschillende soorten boter en margarine te bekijken.

'Choco, mammie. Nies, choco,' jengelt het jongetje terwijl hij aan de benen van zijn moeder hangt.

'Vandaag niet, Tommy. Vandaag kopen we alleen brood en melk. Een ander keertje kopen we weer chocomel en iets lekkers.'

Lew laat een pakje met plakjes kaas boven op de tonijn glijden, maar op het moment dat hij het doet, beseft hij dat de vrouw naar hem kijkt. Hij doet alsof hij zijn borst krabt. Alsof dat wat uitmaakt. Natuurlijk heeft ze het gezien, verdomme. Nu lijkt ze hem met alle geweld te willen negeren. Hij stopt een pakje van de goedkoopste margarine en een halve liter melk in zijn mandje en doet alsof er niets aan de hand is. Pakt een dik gesneden wittebrood van de broodstelling en kijkt via het gangpad naar de kassa. De man daar zit zijn krant weer te lezen.

'Heeft u ook bonen?' roept Lew.

'Bonen in een pak of bonen in een blik?'

'In een blik.'

'Daar bent u al voorbij. Halverwege het pad aan uw rechterhand, als u terugloopt.'

'Bedankt.'

De vrouw is al bij de kassa met haar boodschappen, dus als ze hem verlinkt, kan hij het horen en heeft hij nog alle tijd om de kaas en de tonijn kwijt te raken. Hij vindt de bonen meteen, maar blijft nog wat achter in de winkel hangen.

'Ik wil er een,' schreeuwt Tommy.

'Nee.' Zijn moeder heeft haar boodschappen op de toonbank gezet en trekt hem weg bij het rek met chocola. 'Dat heb ik je al gezegd.'

'Ik wil er een,' schreeuwt hij nog harder en hij stampt met zijn voet. Lew is in het gangpad blijven staan en doet alsof hij naar de dingen op de schappen kijkt. De man achter de kassa schikt het handjevol spullen op de toonbank.

'Dat was het, dank u,' zegt ze tegen hem, dus slaat hij het totaal aan en begint alles in een witte plastic zak te stoppen.

Tommy staat mokkend naast haar, maar zodra ze hem loslaat, maakt hij dat hij weer bij de chocola komt.

'Nee,' schreeuwt ze, 'ik zeg het je niet nog een keer.' Ze klemt hem onder haar ene arm en wrikt zijn vingers los van de geplette Mars.

'Nee,' gilt hij. 'Die is van mij.'

'Hij mag hem houden,' zegt de winkelier.

'Nee, bedankt,' zegt de moeder en ze sleurt het snikkende, spartelende kind naar het wagentje.

'Nee, neem maar,' herhaalt hij. 'Op mijn kosten.'

'Bemoei je godverdomme met je eigen zaken, Sinbad.' Ze snoert haar zoon stevig vast en schraapt het wisselgeld van de toonbank.

'Ik wou alleen...'

'Je moet niet willen.' Ze duwt het wagentje naar de deur, maar het staat nog op de rem en schuift dwars over de vloer. Het ettertje gilt en probeert zich uit zijn tuigje te wringen. Ze blijft staan, schopt de rem los en laat kind en wagentje van de stoep op het trottoir stuiteren. Tommy houdt niet meer op met krijsen en spartelen, en Lew noch de winkelier zegt iets totdat hij buiten gehoorsafstand is gereden.

Daarna slaakt de winkelier een zucht, draait zich om en schudt zijn hoofd. Hij houdt de vermorzelde Mars omhoog alsof het een in vloeipapier verpakte drol is. Lew zet zijn mandje op de toonbank.

'Ik had haar ook kunnen vragen hem te betalen,' zegt hij en hij haalt zijn schouders op. 'De mensen hier zijn niet goed snik,' gaat hij verder. 'Weet u, ik zou me moeten gedragen als een slecht mens want ze doen toch precies hetzelfde tegen je. Goed of slecht, vriendelijk of onvriendelijk, ze behandelen je als een stuk vuil.' Hij trekt een nors gezicht en gooit de Mars in een vuilnisbak achter de toonbank, slaat Lews boodschappen aan en pakt zijn geld. Lew helpt hem de spullen in de plastic zak te doen.

'Bedankt,' zegt de man, en hij slaakt nog een zucht en laat zich op de kruk achter de kassa ploffen.

Lew herinnert zich de dingen in zijn zak pas als hij halverwege de straat is. Hij was het eerlijk vergeten. Hij moet lachen. Mooie afleidingsmanoeuvre! Zelfs hij werd erdoor afgeleid.

Die morgen was Lew moe en met open ogen wakker geschrokken. Zo ging het na elke nachtmerrie. Hij bleef naar Sha's plafond liggen staren. Het was niet lang geleden geschilderd, maar er begon al een natte plek met vuile gele randen door te schijnen. 'Amateurs,' zou zijn vader sneren, of misschien 'moderne verf'. Om te vervolgen met een van zijn vaste nummers. 'Je kunt geen water met water tegenhouden. Je moet het helemaal afdekken. Met een ondoordringbare laag. Er gaat niks boven goeie ouderwetse olieverf.'

De nachtmerrie had zich afgespeeld in een trappenhuis. Sha stond voor een rode deur. Achter haar was in glanzende zwarte letters het woord VIJF op de deur geplakt. Het was zo'n droom waar je erbij en er niet bij bent, maar op hetzelfde moment. Hij kon haar zien, maar verder had hij er niets mee te maken en Sha wist niet dat hij er was. Ze raakte de grof gestuukte muur aan alsof ze probeerde te beslissen of ze naar boven of naar beneden zou gaan. Hij wilde haar waarschuwen, maar hij wist dat ze hem niet kon horen en dat het gevaarlijk zou zijn om iets te zeggen. Ze ging de trap op.

Terwijl hij met zijn boodschappen terugloopt naar Sha's flat, voelt Lew zich weer net zo als toen hij haar in de droom begon te volgen. Traag en log, alsof het trappenhuis met water was gevuld in plaats van met lucht. Tegen de tijd dat hij op het platte, winderige dak kwam, was Sha verdwenen. In plaats van haar zag hij zijn moeder met iets in haar hand. 'Hoe kom je hier aan?' vroeg ze rustig op een toon die eerder gekwetst dan boos was. Lew kwam dichterbij. Ze had zijn foto van Sha en Skip en wilde hem niet teruggeven. 'Je hebt geen zuster,' zei ze. 'Je zuster is dood.'

Haar arm strekte zich, zich langzaam ontvouwend als de hals van een zwaan, en liet toen met een snelle polsbeweging de foto vanaf het dak van het gebouw omlaag dwarrelen. Lew draaide zich abrupt om. Eerst dacht hij dat hij zich omdraaide om Sha niet te hoeven zien vallen, maar toen voelde hij de tinteling in zijn gezicht en wist dat hij zich had omgedraaid omdat zijn moeder hem een klap had gegeven. Daardoor was hij wakker geschrokken. Niet door de klap, maar door het besef.

De postbode heeft weer twee brieven bezorgd. Lew raapt ze op en schopt tegen de stapel reclamedrukwerk. De eerste brief is die hij had geschreven om Sha te zeggen dat hij eraan kwam. Hij had DRINGEND boven aan de envelop gezet en toen zei de vrouw op het postkantoor dat hij moest bijbetalen of het doorkrassen en hij had niet genoeg geld bij zich. Het ziet er stom uit, zo doorgekrast. Alsof het bij nader inzien toch niet dringend was. De andere brief zit in een vensterenvelop.

Nadat hij op de vloer is gaan zitten spreidt hij alle brieven uit die hij gevonden heeft. De oudste is die hij voor de beroerte van Case heeft gestuurd. Met een poststempel van tien dagen geleden... Die net is gekomen heeft er vier dagen over gedaan, wat betekent dat de andere vier dagen na het poststempel is aangekomen... Op de tiende. Dan is ze al een hele week weg!

Hij pakt de officiële brief die niet is dichtgeplakt, denkt even na en haalt hem uit de envelop. Hij is van de twaalfde.

Geachte mevrouw Neall,

Wij herinneren u aan uw verplichting uw bezoeken aan ons kantoor te continueren. U heeft de laatste twee maal verzuimd op uw gesprek te verschijnen en wij moeten u erop wijzen dat indien u daarin volhardt, u de afspraken schendt die in het kader van uw voorwaardelijke invrijheidstelling zijn gemaakt. De uiterste consequentie daarvan kan omzetting van uw voorwaardelijke invrijheidstelling zijn. U wordt geacht zich op ons kantoor te melden binnen een week (zeven dagen) na dagtekening van deze brief.

Lew fronst. Hij weet niet eens wat een voorwaardelijke invrijheidstelling is. Iets met de politie. En belangrijk. Iets waar Sha van moet weten. Onder aan de getypte brief is een boodschap gekrabbeld:

Sharon!!! Bel me ALSJEBLIEFT. *Ik loop het vuur uit mijn sloffen, maar jij maakt er weer een puinhoop van. Doe het voor een keertje goed. Ditmaal is het menens. Jack.*

Lew staat op en loopt naar de andere kant van de kamer. Hij bijt op zijn duimnagel. Het is menens en ze weet van niets. Waarom heeft ze hem daar niets over geschreven? Ze heeft nooit iets over problemen gezegd.

Hij pakt het handjevol brieven, ordent ze en tikt twee randen van het stapeltje recht tegen de tafel. Dan pakt hij de groene envelop met alleen 'Sha' erop en gluurt erin. Het is een lange brief. Hij weegt hem even in zijn hand, legt hem weer neer, pakt de brief van de elektriciteitsmaatschappij en scheurt hem open. Het is een laatste herinnering. Lews ogen schieten van de voorwaardelijke-invrijheidstellingenvelop naar de blauwe kring op de kalender en dan weer naar de brief die voor hem ligt. 'Laatste Herinnering.' Hij is bang. Maar de andere twee vensterenveloppen zijn cheques.

Hij gaat zitten. De ene is net gekomen, maar de andere is zes dagen geleden verstuurd. Ze is heus niet verkast zonder het geld. Niet als ze in geldnood zit. Hij drukt zo hard op zijn ogen dat ze een zuigend geluid maken. Er moet iets gebeurd zijn. Waarschijnlijk heeft ze hem een brief gestuurd om te zeggen dat ze een tijdje wegging. En tegen de tijd dat die aankwam, kreeg Case zijn beroerte. Daar was hij al bang voor geweest, en daarom had hij waarschijnlijk de brief niet gekregen. Maar ze komt vast gauw terug. Ze kan niet lang wegblijven zonder geld.

Hij ordent de officiële brieven die samen aan een kant van de tafel lagen toen hij aankwam. Ze gaan voornamelijk over de huur. En soms al van maanden geleden. Vanwege dat computergedoe. Plus nog een elektriciteitsrekening... een oude voor hetzelfde bedrag. Als hij de cheques kon innen kon hij hem voor haar betalen.

Hij pakt een sigaret en staart terwijl hij die aansteekt naar het pakje voor hem op de tafel.

De telefoon is nauwelijks overgegaan of er wordt al opgenomen.

'A-A-Captain Car Repairs, ogenblikje...'

Lew draait het pakje in zijn hand om en kijkt opnieuw naar de naam. Daarna stopt hij nog wat munten in het apparaat voor als het lang gaat duren.

'Ja, sorry voor het wachten, wat kan ik voor u doen?

Hoor eens, ik ben Rob maar ik ken geen Sharons...

Nee, ik ken ook niemand die Sha heet...

Sorry, heb je nog een ogenblikje?'

Lew stopt nog een paar munten in het apparaat. Hij doet zijn best om te horen wat er aan de andere kant van de lijn gebeurt, maar het lukt niet echt. Hij denkt dat hij Sha's naam opvangt, daarna niets meer. Minutenlang, lijkt het.

'Ja, je bent er nog, sorry, ik moest wat doen in de garage. Je bent haar broer zeg je...

Nou, het spijt me maar ik weet niet wie ze is en niemand anders hier ook...

Weet ik veel hoe ze aan mijn nummer komt. Misschien opgezocht in het telefoonboek...

Misschien wilde ze haar auto laten maken, weet ik veel.

Hoor eens, vriend, ik wil je graag helpen, maar het heeft geen zin om terug te bellen, denk je wel? Ik bedoel, als ik haar vandaag niet ken, is het niet erg waarschijnlijk dat ik haar morgen wel ken, wat jij?'

Wanneer Lew Robs voorbeeld volgt en ophangt, stroomt zijn wisselgeld in het teruggavebakje alsof hij de jackpot heeft gewonnen. Hij schraapt het eruit en laat het in zijn handpalm rinkelen. Het is allemaal teruggekomen, tot de laatste cent.

Hij staat nog steeds naar het geld te kijken als iemand op de celdeur begint te timmeren. Vanuit het niets is er een rij opgedoken. De andere cel is leeg. Die is zeker nog steeds kapot.

Op de binnenplaats van Sha's flatgebouw staat een vrouw een kinderwagen heen en weer te wiegen en met een grote man in een groen met geel trainingspak te praten. Lew doet niet eens alsof dit Sha is: om te beginnen is ze een kop te klein en twee maten te dik. Hij loopt om hen heen.

'Hé!'

Lew aarzelt maar loopt door.

'Ik heb het tegen jou!'

Hij draait zich om. Ze kijken allebei naar hem. De grote man wijst naar Lew. 'Ik wou je even spreken.'

De vrouw gaat ervandoor. 'Tot kijk, Steve.'

Steve grijnst. 'Ja, en denk eraan, als je nog problemen hebt met die deur, laat het me dan weten.' Hij is een jaar of veertig, vijftig. Hij heeft achterover geplakt golvend haar en een pafferig, pokdalig gezicht. Hij draait zich om naar Lew en glimlacht. 'Steve is de naam.'

Lew knikt.

'Ik ben Steve,' herhaalt Steve en hij tikt met zijn vinger op zijn borst. Lew schuifelt met zijn voeten. 'Ik ben Lew.'

'Nou, Lew,' zegt Steve langzaam en duidelijk. 'Neem me niet kwalijk dat ik het vraag, maar wat voer je hier uit?'

Lew fronst en slikt. 'Wat gaat jou dat aan?' Zijn stem kan elk moment overslaan. Hij kijkt naar de grond en kucht.

'Nou zeg,' zegt Steve, 'doe niet zo opgefokt.' Zijn voeten staan ver uit elkaar en zo te zien gaat hij zijn handen in zijn zij zetten. 'Dat is mijn werk, meer niet. Ik ben de huismeester. Van mij mag je rustig een flat zoeken om te kraken. Lege flats zat. Ik kan je zelfs een sleutel voor een mooie flat verkopen als je er een wil kraken. Je laat gewoon de stalen deur en de luiken zitten, en ome Steve zal je niet horen. Maar een flat kraken zonder het te vragen is niet erg netjes, vind je wel? Dan lijkt het alsof ik mijn werk niet doe.'

'Ik ben geen kraker, ik ben op bezoek.'

'Bij wie?'

'Mijn zus, Sha, Sharon Neall.'

Steve is verbaasd. Hij buigt zich naar voren en bestudeert Lews gezicht. 'Oké. Zit dat zo... Maar ik dacht dat Sha weg was.'

Lew knikt te snel en voelt zich een eikel. 'Ik wacht tot ze terugkomt. Ken je haar?'

Steve glimlacht bescheiden. 'Kennen is een groot woord.'

'Waar is ze? Weet je wanneer ze terugkomt?'

'Het enige dat ik weet, is dat ze al een tijdje weg is.'

Lew probeert ontspannen te klinken. 'Heb je geen idee waar ze is?'

Steve haalt zijn schouders op. 'Waarschijnlijk bij haar vriend.' Hij knipoogt. 'Wat betekent dat ze gauw weer terugkomt.'

'Weet je waar hij woont? Wat is zijn...'

Steve steekt zijn handen in de lucht en schudt zijn hoofd. 'Al sla je me dood.'

Als hij terug is in de flat, haalt Lew de brief uit de groene envelop.

Sha, waar ben je in godsnaam mee bezig? Ik loog niet toen ik dat allemaal zei en ik dacht dat jij dat ook niet deed maar nu doe je gewoon of ik stront ben. Een stukje stront dat je van de onderkant van je schoen moet schrapen. Ik begreep wat je zei toen je zei dat het je allemaal te veel werd en dat je even rust nodig had dat hadden we allebei en ik heb gedaan wat we hadden afgesproken en na een week liet ik het aan jou over om te bellen zoals we zeiden en wat krijg ik in ruil? Niks. Geen moer. Noppes. Gewoon helemaal niks alsof er nooit wat geweest is en ik zeg je dat je daar niet mee wegkomt dat is gewoon gelul en daar kom je niet mee weg. Ik ben niet een of ander pikkie dat de hele tijd op niks af halsoverkop verliefd wordt. Ik meende het en ik dacht dat het jou ook wel een beetje menens was. Plus dat ik dacht dat afgezien van alles en alle problemen die we hadden we vrienden waren en die arme Skip die arme stakker als je dat iedereen flikt die hem net begint te leren kennen en aardig te vinden. Oké als je me om de een of andere reden niet meer wil zien zou je tenminste het lef en het fatsoen moeten hebben om me dat te zeggen en misschien ook wat moeten uitleggen, meer dan wat je eerst zei. Je zou tenminste moeten zeggen waarom je er zo over dacht en waarom het zo erg was. Als je denkt dat ik na een paar weken gewoon zeg nou ja dat was het dan, geen uitleg, vergeet alles maar, ga maar iemand an-

ders zoeken om de stront in te helpen, dan moet je beseffen dat niet iedereen is zoals jij. God ik word er kotsmisselijk van...

Lew draait de brief om voor het laatste stukje. Hij is van iemand die Paul heet. Even kan hij nergens aan denken.

'Luisteren jullie? Nou, luister goed.'

Lew dringt naar het midden van de menigte en gaat op zijn tenen staan om over de schouders van de mensen voor hem te kijken. Achter een tafel voor de ingang van een leegstaande winkel zwaait een klein stevig mannetje met zijn ene hand met een stapel blocnotes terwijl hij met zijn andere een slok uit een blikje Coke neemt. 'Dit is kwaliteit,' zegt hij en hij zet de Coke weer op de tafel. 'Op dit papier kan je de paus schrijven, of de ayatollah voor mijn part. Het is kwaliteit.' Pets tegen zijn hand. 'Schrijf van mijn part de duivel. Met dit papier krijg je antwoord.' Pets tegen zijn hand. 'Jullie vragen je misschien af: "Hoe kan het zo goedkoop zijn? Hoe kunnen ze dit exclusieve kwaliteitspostpapier voor zo'n spotprijsje verkopen?" Luisteren jullie? OPGELET!' Hij laat zijn stem dalen tot een schor gefluister. 'Kwestie van een donkere nacht... en een suffe bewaker,' en pets tegen zijn hand, harder dan ooit. 'Oké, daar gaan we dan. Wie wil er een paar? Vijf voor vijf. Wie helpt ons af van het bewww... eh, wie maakt ons los? Kom op, vijf voor vijf.'

Mensen vooraan en in het midden van de menigte zwaaien met geld en in een mum van tijd heeft de man het in zijn zak gestoken en is zijn halve stapel verdwenen. Hij hijst een andere doos onder de tafel vandaan en scheurt hem open. 'Kwaliteitspostpapier, kwaliteitspostpapier...'

Lew kan het niet geloven. Hij grijnst maar hij kan het niet geloven. Terwijl hij zich met zijn ellebogen uit de menigte worstelt, kijkt hij de straat op en af. Waar is de politie? Op andere plekken heeft hij ze bij bosjes op straathoeken zien hangen en in walkie-talkies zien fluisteren. Misschien waren ze naar deze man op zoek – maar iedereen kan hem vinden. Hij heeft net in het openbaar bekend en het kan niemand iets schelen. Lew schiet in de lach. Hem ook niet.

Voor de ingang van een metrostation staan twee punkers omlaag te kijken naar de passagiers die de trap op komen. Ze zijn ongeveer even oud als Lew en terwijl hij in hun richting loopt, vangt de magere met de hanenkam en het gescheurde leren jack zijn blik. 'Heb je wat kleingeld?'

Lew houdt zijn pas in en fronst. Vragen ze dat aan hém? Hij schudt zijn hoofd.

'Wat te roken?'

Hij blijft staan, haalt het pakje uit de binnenzak van Sha's jas, maakt het open en steekt het toe. De jongen met het leren jack doet een greep en trekt er vier sigaretten tegelijk uit. 'Bedankt, maat,' zegt hij, terwijl hij twee sigaretten aan zijn vriend geeft. Hij steekt een sigaret in zijn mond en de andere achter zijn rechteroor. 'Heb je een vuurtje?'

Lew staart naar de witte sigaret naast de geschoren schedel. Klootzakken. Ze kunnen toch zien dat hij geen geld heeft?

'Laat maar,' zegt de punker en hij haalt een zilveren aansteker uit de binnenzak van zijn leren jack.

'Lul,' zegt Lew. De punker grijnst. 'Ik ben geen lul, man. Ik ben een regelrechte teringlijer.' Zijn grijns barst uit in een lach. Een van zijn voortanden is afgebroken tot een scherpe punt.

Lew kan er niets tegen beginnen, dus schuift hij zijn handen in zijn zakken, trekt tandenknarsend een neutraal gezicht en loopt weg alsof het hem een rotzorg zal zijn.

Hij heeft geen plan. Hij slaat op goed geluk links- en rechtsaf. In de richting die hij uit loopt, worden de winkels duurder en duurder. De mensen op straat zien er ook poeneriger uit en zelfs de winkelbediendes staan nog verwaander en dikdoeneriger achter hun toonbank. Horloges en sieraden en kleren. Hij blijft staan en staart naar de prijs van een broek, dan weer naar de broek, dan weer naar de prijs. Meer dan het dubbele van Sha's twee cheques bij elkaar. De volgende winkel heeft niet eens prijzen. Die is waarschijnlijk nog duurder. Voor sommige mensen is het geld waarvan je god weet hoe lang moet leven, voor andere alleen maar iets wat je over je benen trekt.

In de hoofdstraat zijn de winkels groter en hoe verder hij loopt, hoe groter ze worden. Ze zijn vier of vijf verdiepingen hoog en beslaan hele blokken. Alleen de etalages zijn al net zo groot als gewone winkels. Dan ziet hij de zon. Op het volgende gebouw. Een grote ouderwetse tekening van een lachende zon met gouden stralen eromheen. Warenhuis The Sun met de slogan: 'Alles onder de zon'.

Lew staart er even naar en het geeft hem een eigenaardig gevoel. Dan snapt hij waarom. 'Het verkeer werd gisteren vijfendertig minuten opgehouden...' Hij kijkt naar rechts, dan recht voor zich uit. Het verkeer stopt en trekt op en mensen lopen van de ene kant van de straat naar de andere. Net als altijd. Hij is de enige die aan het verschrikkelijke denkt dat hier is gebeurd. Aan iets vallends. Een long shot bij basketbal, waarbij de bal vanaf maaghoogte met de handen mee omhooggaat, die boven het hoofd verlaat en opstijgt, steeds langzamer, tot het punt dat hij begint te dalen, eerst langzaam, dan snel, langdurig, recht, helemaal tot aan het doel. Alleen is het doel de straat. Hij huivert en draait zich om. Vanwege die zon die zo naar hem glimlacht.

Zonder precies te weten waarom loopt hij het warenhuis binnen. Hij wil gewoon zien hoe het eruitziet, een plek waar zoiets gebeurt. De 'klantencrèche' en zo.

Hij is binnengekomen bij de parfumafdeling en terwijl hij

daardoorheen loopt, voelt hij hoe de verkoopsters op hem neerkijken – kaarsrecht, met de handen lichtjes op het glas leunend, de gecorrigeerde neusjes verwaand opgetrokken. Kutwijven. Hij staart hen aan en daagt hen uit om iets te zeggen. Maar dat doen ze niet. Ze kijken dwars door hem heen. Als iemand voor hun ogen het loodje legde, zou hun dat een zorg zijn. Ze zouden alleen snuiven en hun hoofd afwenden. Hij kijkt de andere kant op. Hij heeft een eigenaardig gevoel. Een bord wijst naar beneden: 'Producten van de Zon – Voedingsmiddelen'.

Hij loopt door de gangpaden, kijkend naar de schappen met etenswaren die hij nog nooit heeft gezien en waarvan hij zelfs nog nooit gehoord heeft, tot zijn oog op een blad vol driehoekige stukjes brood met ham valt. Lew aarzelt even, maar als een oude mevrouw bij het blad is blijven staan, een stukje brood heeft gepakt, er een muizenhapje van heeft genomen en is doorgelopen met de rest tussen duim en wijsvinger, schiet hij erop af en doet hetzelfde. Alleen neemt hij geen muizenhapje. Het is heerlijk. Hij maakt een snelle rondgang en het volgende waarop zijn oog valt, is een man van middelbare leeftijd met een schort voor die een nieuw soort koekenpan demonstreert. Hij heeft een blad met stukjes gebakken brood voor zich staan en steekt een verhaal af tegen de lucht en wie er maar blijft luisteren. Lew gluurt naar het blad. De man ziet het, geeft hem een vette knipoog en knikt naar het brood. Lew grijnst en tast toe. Dit is geweldig! Hier gaat hij voortaan elke dag eten.

Hij pakt twee blokjes kaas van het volgende blad en heeft net zijn zinnen gezet op een blad met Poolse worst als dat onder zijn neus wordt weggetrokken. Hij wordt woedend aangestaard door een verkoopster van een jaar of vijftig met een berg gelig haar boven op haar hoofd. Hij haalt zijn schouders op en draait zich om.

‘Tuig,’ zegt ze, kalm en duidelijk – vernietigend en perfect gearticuleerd. Lew kijkt naar haar om. ‘Wat zei je?’ vraagt hij. Ze houdt het blad opzij om te zorgen dat hij er niet bij kan. Op haar borst is een badge met een blij zonnetje geprikt. Ze kijkt alsof ze net hondenpoep op haar schoenzool heeft geroken. In de kerk. Lew snapt er niets van.

‘Stomme ouwe trut,’ zegt hij. ‘Je bent maar een winkelbediende.’

Ze krijgt een kleur. ‘Ik waarschuw onmiddellijk de beveiliging.’

‘Wat kan het jou goddomme schelen of ik een plakje worst eet?’

Ze staat ingeklemd tussen de kassa en de vitrine. ‘Dit is niet zomaar worst,’ zegt ze, ‘dit is echte Beierse rookworst.’ Ze zet het blad naast zich neer en kijkt om zich heen voor versterking.

‘Bedankt,’ zegt Lew, terwijl hij zich haastig naar het blad buigt en een handvol worst pakt. Hij loopt naar de trap.

Tuig, sodemieter op! Dat stomme ouwe kutwijf. Hij komt het souterrain uit met de bedoeling het pand te verlaten, maar de roltrap naar boven is voor zijn neus en hij stapt er woedend op. Denkt dat ze beter is omdat ze in zo’n poenige teringwinkel werkt. Ze is niks beter dan iemand anders.

Hij is niet de enige op de roltrap, maar daar let hij niet op. Hij blijft gewoon maar naar boven gaan. Een, twee, drie verdiepingen. Hij is een beetje gekalmeerd en kijkt waar hij is. Speelgoed. Misschien kan hij iets voor Skip vinden. Ze kunnen de pot op. Hij drukt gewoon wat achterover.

Op een van de onderste schappen vindt hij een speelgoedbrandweerkazerne waar Skip zijn auto’s in en uit zou kunnen rijden. Hij gaat op zijn hurken zitten en bekijkt hem. Er zitten brandweerauto’s bij met brandweermannetjes en slangetjes die je kan afrollen en nog een heleboel meer. Maar te groot om achterover te drukken. Jammer. Hij staat op om iets kleins te zoeken en kijkt achterom naar de roltrap. Twee mannen in pak zijn net omhooggekomen en boven aan de roltrap blijven staan. Lew laat zich door zijn knieën zakken zodat zijn hoofd op gelijke hoogte met het bovenste schap komt. Ze zien er raar uit. Geen zakenlui of kantoorpikken. Ze zien eruit alsof ze zich waarschijnlijk meer thuis voelen in een overall dan in een pak, en dat van die overalls weet hij ook nog niet zo zeker. En ze zien er niet uit alsof ze verjaardagscadeautjes aan het kopen zijn.

De twee mannen gaan uiteen en beginnen in tegengestelde richting om de roltrappen heen te lopen. Heel langzaam. De verdieping uitkammen.

Ervoor zorgend dat de stelling tussen hen en hemzelf in blijft, loopt Lew zijwaarts in de richting van de kassa. Het meisje is ongeveer net zo oud als hij en ze lijkt oké, normaal. Haar haar is van achter met een lint bijeengebonden en om haar ene mondhoek zit een stel vurige pukkels.

'Hallo,' fluistert Lew achter de stelling vandaan. 'Is er hier een trap?'

Het meisje kijkt hem aan alsof hij niet goed bij zijn hoofd is. 'De roltrap is daar.'

'Dat weet ik, maar ik wil via de trap.'

'Daar. Achter die rollen tapijt.'

Hij haalt het bijna, maar een van de mannen krijgt hem in de gaten op het open stuk tussen de kleden en de muur en fluit de ander. Als ze zijn kant op beginnen te lopen, beseft hij dat het geen zin heeft om te doen alsof hij van de prins geen kwaad weet. Vóór hem is de deur van het trappenhuis. Hij doet haastig de paar laatste stappen, opent de deur en gaat het trappenhuis in. Hij wil hen buitensluiten, maar er zit geen grendel aan de binnenkant en ook niets anders om de deur mee te blokkeren.

Moet hij regelrecht naar beneden gaan of proberen hen te slim af te zijn door omhoog te gaan en op de volgende verdieping weer de troltrap te nemen? Hij weet niet eens of er wel een volgende verdieping is. Hij begint met twee treden tegelijk naar beneden te rennen en stuitert tegen de muren van de overlopen. Als het een brandtrap is, moet hij onderaan naar buiten kunnen. Hij haalt het wel.

Maar hij haalt het maar drie trappen. Een derde beveiligingsman is op weg naar boven. 'Haast?'

Lew houdt zich met één hand vast aan de leuning. Hij loopt achteruit twee treden op naar de vorige overloop, maar hij is halverwege de trap en hoort de andere twee al naar beneden komen. Langzaam, zelfverzekerd.

'Ik wou alleen...'

'Kop houden,' zegt een van de beveiligingsmannen en hij geeft hem een duw tegen zijn borst. Hij knalt met zijn rug tegen de muur en krijgt geen lucht meer. Ze glimlachen alle drie.

'Meneer houdt van spelletjes,' zegt een andere en hij grijpt hem bij zijn oor. 'Maak je zakken leeg.' Hij draait het oor om en trekt het naar één kant en omlaag. Lew klemt zijn tanden op elkaar maar hij krijgt tranen in zijn ogen van de pijn. Hij staat in een gedraaide, gebogen houding en kan nauwelijks bij zijn zakken komen.

'Laat los,' begint hij maar de man geeft nog een extra draai aan zijn oor. 'Hou je kop dicht en doe wat je gezegd wordt.'

Als hij het weinige dat hij bezit uit zijn zakken heeft gehaald en aan hen heeft gegeven, en ze het hebben bekeken en op de grond laten vallen, laat de man hem los. Lew gaat rechtop staan. Zijn oor brandt en het rood breidt zich uit naar zijn gezicht. Degene die hem bij zijn oor had, neemt zijn onderkaak tussen duim en wijsvinger, duwt zijn hoofd achterover totdat het tegen de muur komt en knijpt hard. 'Je hebt mazzel,' zegt hij. 'We dachten dat je ook nog jatte behalve dat je mensen lastig valt. Is het je nu duidelijk dat het hier geen speelterrein is? Nou? Is dat duidelijk? Mooi zo.' Hij laat los en onmiddellijk begint Lews onderkaak aan beide kanten te schrijnen.

'Pak je rotzooi en maak dat je wegkomt. Onder aan de laatste trap is een uitgang. Neem die en kom hier nooit, nooit, nooit meer terug.'

Lew pakt zijn geld, zakdoek, sleutel, pakje sigaretten en lucifers. Twee sigaretten zijn uit het pakje gevallen maar hij laat ze liggen. Hij stopt alles weer zo kalm mogelijk in zijn zak en loopt tussen de mannen vandaan. Een schop treft hem tegen zijn bovenbeen.

'Oprotten nu.'

De pijn is door zijn dij geëxplodeerd en heeft zijn been verdoofd. Hij voelt een snik opkomen maar slikt hem in. Tranen in zijn ogen.

'Denk je dat we met hem mee moeten lopen, Brian?'

'Nee, in de grond is het wel een goeie knul.'

'Volgens mij ook, Brian.'

In de bus wordt Lews been stijf en hij moet de trap op hinken naar de flat van Sha. Voor het eerst loopt hij automatisch de overloop over en doet de deur open, zonder erover na te denken of Sha al of niet aan de andere kant zal zijn of daarop te hopen. Het is donker binnen. Hij doet de lichtknop omlaag en weer omhoog maar er gebeurt niets. De gloeilamp is zeker kapot.

'Hoi.'

In één beweging draait Lew zich om en stapt achteruit de flat in. De man is achter hem aan geslopen. Lew probeert de deur voor zijn neus dicht te doen, maar op het moment dat zijn hand ernaar toe gaat, heeft de onbekende een voet tussen de deur gezet en zijn eigen rechterhand er plat tegenaan gedrukt. 'Wie ben jij in godsnaam?'

Lew weet niet wat hij moet doen. Hij doet een stap achteruit, de trap op.

'Waar is Sha?' vraagt de onbekende zonder op antwoord op zijn eerste vraag te wachten.

'Dat weet ik niet,' mompelt Lew. De man kijkt fronsend naar de lampfitting en haalt de schakelaar over, bukt zich dan en raapt een brief op van de vloer. 'Ze is weer afgesloten.' Hij slaat met de brief tegen de duim van zijn linkerhand. 'Ben jij Lew?' vraagt hij, en hij lacht. 'Kijk niet zo verbaasd. Dat staat met grote letters op je gezicht geschreven.' Hij stapt de flat binnen en doet de deur achter zich dicht. Hij is daar in het donker maar een klein stukje van Lew af, die zich achterover buigt maar blijft staan waar hij staat.

'Ga maar naar boven. Er zijn vast nog wel kaarsen in de

keuken... In de la rechts van de gootsteen. Ik ben Paul.'

'Zo,' zegt Paul en hij denkt erover na. Hij heeft zijn jack uitgetrokken en zijn mouwen opgerold. Lew staart naar de engel die op de binnenkant van zijn rechter onderarm is getatoeëerd en wacht tot hij iets zegt.

'Je kwam hier gisteren en Sha was er niet...

Zit daar maar niet over in. Als ze het geweten had, was ze er vast wel geweest. Ze heeft het altijd over je. Ze keek ernaar uit dat je zou komen...

Ze heeft jou zeker ook wel over mij geschreven.'

Lew knikt en mompelt bevestigend.

Paul laat de knokkels van zijn linkerhand knakken door met zijn rechter hard in zijn gebalde vuist te knijpen en kijkt daarna de brieven nog een keer door. 'Was er niks anders, geen persoonlijke brief of zoiets?'

'Eentje maar.'

De groene brief ligt op de plank naast het boek waarin hij de cheques heeft verstopt, *Het grote kinderdierenboek*. Lew pakt hem en laat hem aan Paul zien. 'Plus twee van mij,' voegt hij eraan toe. 'Maar die tellen niet meer.'

Paul draait de envelop om, drukt de twee zijkanten naar elkaar toe en kijkt erin. Lew kijkt met een stalen gezicht toe en probeert te doen alsof hij geen idee heeft waar de brief over gaat of van wie hij is, maar dan beseft hij opeens dat als hij niet zou weten dat de brief van Paul was hij liever niet zou willen dat Paul ernaar keek. Hij fronst afkeurend. Paul kijkt weer naar Lew. 'Lag deze beneden bij de rest?'

Lew knikt.

Paul buigt zich naar achter en pakt zijn jack van de vloer. 'Rook je?' Lew knikt en begint zijn sigaretten te zoeken. Voordat hij ze heeft gevonden heeft Paul een vloeitje met twee vingers tabak gevuld en biedt Lew het pakje aan. Terwijl Lew nog met de tabak zit te hannesen, laat Paul zijn perfect gerolde sigaret langs zijn tong gaan, fatsoeneert de uiteinden met zijn duim en buigt zich in de richting van de kaars om hem aan te steken.

'Dat is giftig,' zegt Lew.

'Wat?'

'Kaarsenwalm.'

Paul haalt zijn schouders op. 'Tabak ook.'

Vlak bij Pauls hoofd is een lichtschakelaar. Hij steekt zijn hand ernaar uit en haalt hem met twee korte boze bewegingen over. 'Klootzakken zijn het,' zegt hij. 'Dat mogen ze helemaal niet doen. "Onvoldoende kennisgeving van afsluiting," heet dat. Ze horen je een minimale periode te geven en ze mogen Sha al helemaal niet afsluiten vanwege Skip. Ze mogen geen gezinnen afsluiten met kinderen onder de drieënhalf.'

'Drieënhalf?'

'Ja, dertig maanden om precies te zijn. Vraag me niet hoe ze dat uitvogelen.' Hij pikt de laatste aanmaning en het afsluitingsbericht eruit en steekt ze in het borstzakje van zijn overhemd. 'Ik ga er wel heen om het te regelen.'

'En deze?' Lew schuift de brief van de Huursubsidiecommissie over de tafel. Paul heeft hem gelezen, maar hij lijkt niet erg onder de indruk. 'Die gaat toch over dat gesprek waarvoor ze niet is komen opdagen?

Weet je, Lew, het lijkt belangrijk, maar het is allemaal ouwe koek. Het is al maanden aan de gang, vanaf het moment dat ze de flat heeft gekregen. Ze halen de ene stommiteit na de andere uit en dan moet Sha hun kantoor maar in en uit rennen alsof zij alle problemen veroorzaakt. "De betalingen zijn niet vrijgegeven voor opname." Het is elke keer hetzelfde gezeik, elke keer weer. Sufkutten, hun neus weet pas dat ze een scheet hebben gelaten als ze het op een computeruitdraai zien.

En dan moeten ze nog toestemming vragen om het raam open te doen. Ze weten dat het niet Sha's schuld is dat het geld er niet is, maar ze blijven maar aan haar kop zeiken over de huur...

Kan je het een beetje volgen?

Zit er maar niet over in, Lew. Het maakt niet veel uit dat ze niet voor dat gesprek is komen opdagen. Ze is er gewoon schijtziek van.' Hij pakt de laatste brief en leest hem stilletjes door.

'"Sharon!"' roept hij op een slijmerige, bezorgde toon. '"Dit keer is het menens. Jack." Hij mocht willen dat het menens was. Lul.' Paul stopt de brieven over de huur en de elektriciteit in zijn zak maar laat die van Jack op de tafel liggen. Lew kijkt er ongemakkelijk naar.

'Maak je daar maar niet te sappel over, Lew. Dat is er een van de handwerkersbond. Een drooggeiler is het. Hij geilt op Sha. Snap je wat ik bedoel?'

Lew knikt onzeker. Paul staat op en doet twee stappen naar het midden van de kamer. 'Hij maakt problemen om haar daarna te kunnen helpen.' Hij laat de knokkels van zijn andere hand knakken. 'Meer heeft het niet om het lijf. Een reden om langs te komen.'

'Maar waar heeft ze voorwaardelijke invrijheidstelling voor?'

Paul kijkt hem aan totdat hij zijn blik afwendt. Dat duurt ongeveer drie seconden.

'Dat stelt niet veel voor. Vraag het haar zelf maar als ze terug is.'

Paul steekt een tweede kaars aan met de eerste en loopt verder naar Sha's slaapkamer. Lew volgt hem tot de deur. Hij loopt naar de andere kant van de tweepersoonsmatras, bukt zich en pakt een schoteltje dat op de vloer stond. Op het schoteltje ligt een plasje gestold kaarsvet waaruit twee stompjes steken. Paul steekt ze aan met de kaars in zijn hand en houdt het schoteltje omhoog zodat hij de kamer rond kan kijken. ‘Hier, hou vast,’ zegt hij en hij geeft Lew de kaars waarmee hij naar binnen is gegaan. Hij zet het schoteltje op de ladekast, trekt de laden een voor een open en bekijkt de inhoud. Hij doet de grote kast open en gaat met zijn hand door de kleren.

‘Wat zoek je?’ vraagt Lew. Paul negeert de vraag.

‘Waar zijn ze heen?’

Paul doet de kast weer dicht en blaast de twee kaarsen uit. Hij knikt in de richting van de woonkamer en volgt Lew daarheen. ‘Het wordt hier een beetje koud, vind je niet?’ zegt hij, hoewel hij nog in zijn hemdsmouwen loopt. Daarna gaat hij naar de keuken en steekt de oven aan. Als hij terugkomt, herhaalt Lew de vraag. Paul leunt op de tafel en wrijft over de zijkant van zijn kaak. Hoewel hij donkerbruin haar heeft, zijn zijn stoppels blond.

‘Het punt is, Lew... Je zal wel in de gaten hebben dat er wat aan de hand is... Nou ja, ik heb haar een tijdje niet gezien. We hadden een beetje ruzie. Niks ergs, maar dat zal er wel mee te maken hebben. Ze is waarschijnlijk naar de kust. Daar ging ze waarschijnlijk voor het weekend heen of zoiets, en toen heeft ze gewoon besloten wat langer te blijven.’ Hij begint zijn knokkels weer te laten knakken, maar bedenkt dan dat hij dat net al heeft gedaan en legt zijn handen plat op de tafel. ‘Je weet wel, ze merkte gewoon dat ze het daar leuk had en dacht bij zichzelf: Ach, waarom ook niet?’

Lew kijkt naar de groene envelop. Paul glimlacht en spreidt zijn handen uit in de richting van de brieven. ‘Als je al die brieven ziet rondslingeren, zou je denken dat ze al weken weg is of zo, maar weet je... Ze maakt die krengen niet altijd open. Ze laat ze gewoon liggen tot ze ervoor in de stemming is. Net zoals ze dingen die ze laat vallen niet altijd opraapt. “Het loopt niet weg,” zegt ze dan en ze laat het gewoon liggen tot ze ervoor in de stemming is...

Ze heeft een vriendin aan de kust die in een soort hotel of pension werkt, en als het daar niet druk is en de baas is weg, kan ze er blijkbaar voor nop gaan logeren, met Skip en zo. Dat zal er wel aan de hand zijn. Ze heeft nauwelijks iets meegenomen, dus ze zal wel langer blijven dan ze van plan was. Vanwege die ruzie. Waarschijnlijk wil ze daar blijven tot de druk weer een beetje van de ketel is.’

‘Waar is het? Kan ik erheen? Of haar bellen?’

‘Dat is het probleem... Ik weet niet precies waar het is. Ik ben er nooit geweest.’ Hij begint weer een sjekkie te draaien. ‘Shirley zal wel weten waar het is. Zij is ook een vriendin van Carol, Carol is die meid die daar werkt. Als ik Shirley te pakken krijg, dan weet ik waar het is... Dan ga ik erheen, zoek Sha op en zeg haar dat jij hier bent. Als ze tenminste niet voor die tijd terug is.’

‘Mag ik met je mee?’

Paul schudt zijn hoofd. ‘Zoals ik al zei, Lew, we hebben ruzie gehad, dus het lijkt me beter als ik eerst in mijn eentje ga.’

Lew staat op het punt om iets te zeggen maar hij houdt zich in.

‘Wat is er?’

Hij kijkt op. Paul staart hem aan.

‘Volgens de huismeester is Sha naar haar vriend.’

‘Volgens wie?’

‘De huismeester.’

‘De huismeester?’ Paul leunt voorover op de tafel en staart Lew aan. Opeens ziet Lew geen enkele uitdrukking meer op zijn gezicht.

‘Een grote kerel, beetje dik, zegt dat hij Steve heet.’

‘De huismeester, mijn reet!’ snuift Paul. ‘Zei hij je dat hij de huismeester was? Hij is die grote bek van hem niet eens meester. Wat zei hij?'

'Hij zei dat Sha bij haar vriend was en dat ze over een dag of twee terug zou komen.'

Paul tikt met zijn voet op de grond. Dan houdt hij op. 'Als ze bij mij was, zou ik dat weten, denk je niet?

Je moet niet naar die vent luisteren, Lew. Hij weet nergens van. Weet je hoe Sha hem noemt? Steve Stijf in de Broek. Als ze hem moest zeggen hoe laat het was, zou ze nog liegen.' Hij balt zijn rechtervuist en draait zijn onderarm eerst de ene kant op en dan de andere. De spieren en pezen maken rimpels in de engel. Paul ziet dat Lew naar de tatoeage staart en legt zijn hand plat op de tafel.

Hij leunt weer voorover. Kalm dit keer. 'Heb je je vader en moeder gezegd waar je heen ging?'

'Ik ben halverwege de dag van school weggegaan en regelrecht hierheen gekomen.'

'Maar goed ook, waarschijnlijk. Dit adres kennen ze toch niet?'

Lew schudt opnieuw zijn hoofd.

'Hoe oud ben jij?'

'Zestien.'

Paul bestudeert zijn gezicht. Lew krijgt een kleur. 'Bijna. Ik ben bijna zestien.'

Paul fronst. 'Bijna. Dat maakt nogal een verschil, denk je niet? Als je pas vijftien bent, moet de politie er serieus werk van maken, of tenminste doen alsof. Ze zijn verplicht om te doen alsof ze naar je op zoek zijn. Heb je daar niet aan gedacht? Oké, maak je maar niet te sappel. Zonder het adres doen ze toch geen flikker. Waarom ben je nu weggelopen? Je had toch kunnen wachten tot je zestien was?'

'D-dat wist ik niet,' stottert Lew. 'Ik wist niet dat dat wat uitmaakte.'

'Leren ze jullie tegenwoordig niks meer op school?'

Lew is in de war.

'Dat was een grapje,' zegt Paul, maar Lew staart even in de ruimte.

Meneer Case stond voor hem bij tekenen. Lew was waarschijnlijk de enige die echt oplette, maar toen Case opeens halverwege een zin ophield met praten was iedereen onmiddellijk bij de les. Omdat hij niets zei. Zijn gezichtsuitdrukking veranderde. Die werd heel raar. Zijn linkeroog draaide weg en keek naar de muur en daarna wankelde hij achterover en viel op de grond.

'Mijn leraar,' zegt Lew, 'meneer Case, Gerry Case, heeft een beroerte gekregen. Sha stuurde haar brieven altijd naar hem en hij gaf ze aan mij.'

Paul snapt het niet.

'Daarom moest ik weg. Ik kon geen brieven van Sha meer krijgen. Ze had wel kunnen verhuizen of weet ik veel.'

Meneer Case was niet eens oud. Hij was dik maar niet oud.

'Wat ga je nu doen?'

'Hoe bedoel je?'

'Ik bedoel, wat zijn je plannen? Uit wat ik van Sha heb gehoord maak ik op dat je hier wel zult willen blijven, nu je er eenmaal bent, maar wat ga je doen?'

Lew verschuift op zijn stoel. De warmte van de oven begint binnen te dringen vanuit de keuken, maar hij voelt de kou nog steeds. 'Sha zei dat ik hier kon logeren. Ik wacht gewoon tot ze terugkomt en dan zie ik wel.'

Paul krabt zijn nek. 'Heb je geld?'

Lew kijkt naar het midden van de kamer. 'Een beetje... Ik heb ook nog wat thuis, maar dat staat op de bank. Mijn moeder liet me mijn geld altijd op de bank zetten maar zij hield het boekje.'

'Daar schiet je dan weinig mee op, hè?'

Lew schudt zijn hoofd. 'En elke keer als ik betaald kreeg, moest ik ook nog kostgeld betalen voordat ik het stortte.'

Paul haalt zijn schouders op. 'Je hebt het boekje toch niet, dus dat maakt geen ene flikker uit. Maar heb je dan gewerkt?'

'Ja! Ik hielp de melkboer en in de vakantie had ik een baantje in de supermarkt, in het magazijn, vakken vullen en vrachtwagens uitladen en zo.' Lew kijkt ongemakkelijk naar Paul maar van diens gezicht valt niets af te lezen. 'Daarvoor werkte ik bij een krantenkiosk, maar dat hield op.'

'Werd je met je hand in de kassa betrapt of zoiets?'

'Nee.' Lew schudt nadrukkelijk zijn hoofd. 'Mevrouw Khakri... Ze had me wat tijdschriften geleend en mijn vader en moeder vonden ze.'

'Hopelijk werd je niet betrapt terwijl je de bladzijden aan elkaar plakte.'

Lew staart Paul aan. 'Hoe bedoel je?'

'Je weet wel.' Paul maakt een rondje van zijn duim en wijsvinger en laat het op en neer gaan.

'Nee!' Lew krijgt weer een kleur. 'Niet dat soort tijdschriften. Tijdschriften voor school. Over de evolutie.'

'Wat?'

'Dinosaurussen.'

'Dat meen je niet.'

Lew knikt, eerst serieus maar dan met een grijns. 'Jawel.' Het is zo idioot dat hij er zelf om moet lachen. 'Het is echt waar.'

Paul steekt weer een sjekkie in zijn mond, duwt het pakje in Lews richting en buigt zich over de kaars. Lew trekt een vloeitje en onderneemt weer een draaipoging. Het resultaat is nog steeds krom en trompetvormig, maar beter dan de eerste keer. Hij wil weer een lucifer pakken maar bedenkt zich en buigt zich over de kaars.

‘Doe dat nooit waar een matroos bij is,’ zegt Paul tegen hem.

‘Wat?’

‘Ik zei, doe dat nooit waar een matroos bij is, steek je sigaret nooit aan een kaars aan als er matrozen in de buurt zijn.’

‘Waarom niet?’

‘Daar heb ik eens ruzie over gekregen.’

‘Hoe dat zo?’

‘Ik was dronken.’

Lew fronst.

‘En een Poolse matroos was ook dronken, en die zei me dat ik dat nooit moest doen. Hij zei dat elke keer als je je sigaret aan een kaars aansteekt, er een matroos sterft op zee.’

Lews frons wordt dieper. ‘Dat is idioot.’

‘Misschien wel, maar die Poolse matroos geloofde erin en hij was behoorlijk overtuigend van postuur.’

‘Hoe kwam het dan dat je ruzie kreeg?’

Paul haalt zijn schouders op en leunt achterover op zijn stoel. ‘Ik was dronken.’

Lew staart hem aan.

‘Ik vergat het weer, nou goed?’

Lew wil hem vragen wat er daarna gebeurde, maar het verhaal lijkt ten einde. Paul neemt een trek van zijn sjekkie en houdt de rook lang binnen voor hij hem weer uitblaast. ‘Hoe komt het dat je vader en moeder zo de pest aan Sha hebben?’

De vraag verrast Lew.

‘Dat weet ik niet,’ zegt hij. ‘Dat weet ik niet.’

Paul neemt nog een trek van zijn sjekkie maar het is al op dus buigt hij zich naar voren en drukt het uit. ‘En die ouwe van je speelt graag de baas.’

Lew haalt zijn schouders op en knikt dan. Hij kijkt naar de tafel. Plotseling buigt Paul zich voorover en laat zijn vuist in de richting van Lews gezicht schieten. Lew draait zich om, doet zijn ogen dicht, buigt zijn hoofd, trekt zijn ene schouder op. Paul knipt met zijn vingers naast Lews wang. Lew doet zijn ogen open. Paul trekt achteloos zijn hand terug en wrijft over zijn eigen wang. Lew gaat weer rechtop zitten. 'Waarom deed je dat?' Zijn stem trilt. Hij heeft een kleur en is in de war. Paul steekt zijn hand uit naar zijn shag. 'Sorry,' zegt hij. 'Ik wou je niet bang maken.' Hij ziet er niet uit alsof het hem spijt. 'Het was alleen maar een experiment. Iets waar Sha het soms over heeft. De ineenkrimpreflex, noemt ze het, zal ze wel aan die ouwe van jullie hebben overgehouden.'

Lew kijkt Paul aan met een mengeling van woede en vernedering.

'Maak je maar niet te sappel, Lew.' Hij likt aan de rand van het vloeitje. 'Ik geef je nog wel eens een paar afweer- en ontwijktips. Een beetje boksles. Ineenkrimpen is zinloos. Dan vorm je alleen maar een doel.'

Paul staat op alsof er niets is gebeurd, loopt naar het midden van de kamer en daarna naar de balkondeur aan de andere kant. Lew drukt zijn handen plat op de tafel om ze te laten ophouden met trillen. Hij slikt. Paul draait zich naar hem om. 'Je vader is schilder, hè?'

Lew knikt.

'Heb je hem wel eens geholpen met schilderen of schuren of zo?'

Lew staat op het punt om 'een beetje' te zeggen maar herinnert zich dan hoe zijn vader de kwast uit zijn hand trok. 'Wat doe jij nou? Als ik wil dat je denkt, hoor je het wel... Wegwezen.'

'Eigenlijk niet,' zegt hij.

'Dus je hebt nooit wat in de bouw gedaan?'

Lew schudt zijn hoofd.

'Zou je dat wel willen?'

Lew grijnst en knikt.

'In het begin is het zwaar, maar het went gauw. Volgende week moeten we aan een nieuwe klus beginnen. Ik zal zien wat ik kan regelen, er moeten vast wel wat greppels worden gegraven of spijkers worden uitgetrokken of iets anders makkelijks.'

'Dat zou tof zijn.'

Paul lacht. 'Wacht maar met bedanken tot je een hele dag boven je macht in de modder hebt staan scheppen.'

Paul rolt zijn mouwen omlaag, pakt zijn jack en trekt het aan. Het is een blauw spijkerjack met een voering van schapenvel.

'Ik regel dat gelazer met de huur en de elektriciteit wel. Zit maar niet in over Jack, mocht hij langskomen dan zeg je maar dat Sha bij de armenzustertjes is gegaan of zoiets.' Hij trekt zijn portefeuille uit zijn achterzak en opent hem. Hij zit vol geld. Hij pakt er twee biljetten uit. 'Dit leen ik je tot je werk hebt. Maar ik verwacht het wel terug.'

'Maar...'

'Wat?'

'Zoveel heb ik niet nodig.'

Paul rolt met zijn schouders om zijn jack goed te doen. 'Het is niet veel, Lew. Het is misschien veel als je thuis in de rimboe zit, maar hier stelt het niks voor. Als je niet oppast, is het binnen een dag op, maar je moet er langer mee toe. Als je in de steun liep, zou je er een week mee toe moeten, maar omdat je niks krijgt, moet je er nog langer mee toe.' Met zijn rechterhand maakt hij een weifelend. gebaar. 'Met een beetje mazzel heb ik gauw wat voor je.' Hij schrijft zijn adres op de achterkant van een van Skips tekeningen. 'Als er wat gebeurt, kom het me dan zeggen.' Daarna pakt hij de groene envelop en vouwt hem dubbel. 'Deze brief is van mij. Ik geef hem wel aan Sha als ik haar zie.' Hij steekt hem in zijn achterzak en doet zijn jack dicht.

'Je shag.'

Paul maakt een gebaar van laat maar zitten. 'Die is toch bijna op.'

'Bedankt.'

'Zie je, Lew.'

Lew richt een paar stompen op zijn schaduw maar die blijft hem ontwijken. 'Lafaard!' spot hij. 'Ineenkrimper!' Opnieuw een snel salvo. Een paar bokstips! Lew Neall, wereldkampioen lichtgewicht!

Hij rent de trap van warenhuis The Sun af maar de weg is versperd. Maakt niet uit. Baf! Schop tegen zijn hoofd. Beng! Knietje in zijn gezicht. Daar heb je nog twee stuks huurpenoze. Maakt niet uit. Lust ze rauw. Oeeeef! Eerste grijpt naar zijn maag. Toink! Nummer twee op de punt van de kaak. Lew stapt achteloos over de kreunende lichamen heen op de overloop.

Hij laat zich op de stoel ploffen en kijkt naar het geld op de tafel. Twee knisperende nieuwe bankbiljetten. Maar waarom? Probeert Paul zoete broodjes bij Sha te bakken door hem geld te geven?

Lew trekt het pakje naar zich toe om een sjekkie te draaien, maar hij voelt een hard klompje tussen de tabak. Hij plukt de sliertjes en kruimels eraf en ruikt eraan. Het is een stuk harder en zwarter en glanzender dan het spul dat Slim altijd van zijn broer pikte, maar wat zou het anders kunnen zijn? Het moet hasj zijn. Ook al ruikt het niet erg sterk.

Hij staat voor de beslagen balkondeur, veegt met de zijkant van zijn hand een stuk schoon en kijkt naar de lichtjes van de stad. Geen wonder dat ze besloten het 'The Overview' te noemen; ook al is het overzicht maar één kant uit, er komt geen einde aan. Dat is het verschil met thuis, thuis waren er altijd heuvels. Welke kant je ook uit keek. Overdag groen, in de schemering blauw, 's nachts zwart. Als je maar ver genoeg klom, kon je omlaag kijken en alles zien, de hele stad, die in het dal lag als water in een kom.

Hij duwt tegen de deur en trekt eraan met zijn vingertoppen, maar er is geen beweging in te krijgen. Hij snapt nog steeds niet hoe hij open en dicht moet, er zit niet eens een kruk op of een sleutelgat in. Aan de planten op het balkon te zien weet Sha het ook niet. Hij tekent een vogel op een van de ramen. 'Kijk, Skip, een vogel.'

Hij steekt een sigaret op en kijkt achterom naar de plank waar hij Sha's cheques heeft verstopt. Heel verkeerd kan het niet geweest zijn om Paul de rekeningen te laten meenemen. En misschien was het juist wel goed.

Tegen de muur naast Sha's zwarte plastic mono-stereoplatenspeler staat een rijtje van een stuk of veertig platen. Lew houdt ze bij de kaars om de hoezen te lezen, maar het is allemaal jazz of klassiek en hij kent ze geen van alle. Hij bekijkt de hoes van degene die Sha op de draaischijf heeft laten liggen: *So in Love.*

Hij probeert de platenspeler aan te zetten, maar na het overhalen en omdraaien van alle knopjes en het heen en weer en op en neer bewegen van de arm is het hem nog steeds niet duidelijk hoe hij het ding aan de gang moet krijgen. Pas als hij het snoer heeft gevolgd tot de muur en naar de stekker in het stopcontact heeft gestaard, dringt het tot hem door: 'Wat een stommeling!'

Hij ziet een autootje van Skip achter de matras op de vloer liggen en bukt zich om het op te rapen. Het is een Volkswagen Golf. Hij trekt de matras van de muur af en vindt er nog een paar. Skip speelt blijkbaar met zijn autootjes op de matras als Sha een dutje doet. Dat deed hij waarschijnlijk ook op de dag dat Sha vóór de wekker wakker werd en hem vergat af te zetten. Als hij er was geweest, zou hij met Skip op de vloer hebben gespeeld zodat Sha even rust had.

Hij rommelt in de speelgoedmand om de rest van de autootjes te zoeken, veegt de stoffige af aan zijn spijkerbroek, parkeert ze in vijf rijen van vier en gaat op zijn buik liggen om ze goed te bekijken. Allemaal verschillende merken. De meeste hebben een kort maar zwaar leven achter de rug, maar sommige zijn oud. Hij herkent zelfs modellen die hij zelf had toen hij klein was. 'Oké, Skip,' commandeert hij. 'In konvooi!' De auto's verlaten het parkeerterrein en rijden de snelweg op.

Als hij halverwege de vloer is, krijgt hij er genoeg van. 'Oké, Skip, kettingbotsing!' De voorste auto is een Datsun. Hij zet hem dwars voor de andere auto's. 'De Jap ontplofte en veroorzaakte een reeks tragische botsingen.' De auto's knallen op de zijkant van de Datsun, kantelen, vliegen uit de bocht en rollen om en om. Sommige gaan op hun remmen staan, maar nooit op tijd. Lew graaft in Skips mand en vindt nog een laatste autootje. Een gehavende politieauto die eruitziet alsof hij voornamelijk als cricketbal heeft dienst gedaan.

'Tie taa, tie taa, tie taa. Hier komt de politie. Ze zijn gewaarschuwd door de alarmcentrale en racen de snelweg op. Tie taa, tie taa. Ze komen met honderdzestig de bocht door. O, o! Olie op de weg. Uit de beschadigde tankwagen gelekt. "Ik hou hem niet meer, agent Mackay." Ze raken in een slip. Recht op de kettingbotsing af. Beng! Botsing! Kijk uit, Skip, hij gaat ontploffen! Pow. Boem.' Lew husselt de auto's met zijn handen door elkaar. 'Tragische omstandigheden veroorzaken vuurzee.'

Er ligt wat los geel schuimrubber op de bodem van Skips mand, dus controleert Lew alle knuffels en vindt een oranjebruin konijn met een opengescheurde naad in een van zijn oksels. Oksels? Hij weet niet goed hoe je dat noemt bij een konijn. Misschien is het wel een vóóroksel. Hoe dan ook, daar moet het gerepareerd worden.

Hij verzamelt het vulsel op de bodem van de mand, blaast het stof eraf, stopt het terug in het konijn en kneedt net zolang tot het gelijkmatig over lijf, armen en benen en kop is verdeeld. Het konijn is nog steeds een beetje armetierig, maar beter dan het was. Het lekte waarschijnlijk al maanden.

Sha heeft vast wel ergens naaigerei. Misschien in het vierkante biscuitblik dat een dubbelrol als boekensteun vervult. Als Lew het pakt, valt een envelop omgekeerd op de plank, geadresseerd in Sha's handschrift: 'Paul Shortland, 23 Willoughby Rd.'

Lew gaat zitten. Hij is dichtgeplakt maar er zit geen postzegel op. Hij weegt hem in zijn hand en draait hem om en om. Er zou in kunnen staan waar ze is.

Terwijl de ketel op het fornuis kookt als een bezetene houdt Lew de brief schuin boven de tuit zodat de stoom opstijgt langs de flap. Hij haalt hem weg, priegelt hem een stukje open. Houdt hem weer in de stoom, priegelt een stukje verder. Houdt hem weer in de stoom, priegelt nog verder. Hij is open.

Lieve Paul,

Skip is vannacht en het grootste deel van vandaag ziek geweest en is vroeg naar bed gegaan. Ik heb vannacht bijna de hele tijd opgezeten en was echt kapot maar hij was vreselijk lief. Ik denk niet dat die karakterverandering blijvend is. Misschien is de griep in zijn hersens gaan zitten. Die moet toch ergens gebleven zijn. We zijn vandaag naar de dokter gegaan en Matthews was er niet dus moesten we naar de oude dokter Arens. Hij gaf

Skip iets tegen het hoesten en zei me dat hij in een mum van tijd beter zou zijn, het enige probleem is dat hij helemaal niet hoest!

Ik heb gisteren geprobeerd je te bellen...

Lew kijkt weer naar het begin van de brief maar hij weet al dat die niet gedateerd is.

Ik heb gisteren geprobeerd je te bellen. Ik hoop dat je het niet erg vindt. Ik weet dat ik het was die even rust wilde maar nu weet ik het niet meer. Ik mis je al. Misschien ben ik ook wel ziek. Zeg niet ja. Morgen moet ik naar de bijstand om over mijn geld te klagen. Het is er nog steeds niet. Eergisteren heb ik een halfuur aan de telefoon gehangen en het enige dat ze zeiden was dat het in de post zat.

'Eergisteren...' Lew begint snel na te denken. De eerste cheque is zes dagen geleden verstuurd. Dat betekent dat de brief niet ouder kan zijn dan vier dagen!

... het enige wat ze zeiden was dat het in de post zat. Ik had mijn laatste geld in de telefoon gestopt en net toen ik ze begon uit te schelden was het op. Typisch. Ze spelen allemaal onder één hoedje. Steve Stijf in de Broek heeft me een tientje geleend om rond te komen. Ik had gewoon kippenvel toen ik het aannam, maar ik had het nodig, en als hij denkt dat hij het met rente terugkrijgt zit hij er goed naast. Misschien zou ik wel wat aardiger tegen hem mogen zijn want hij heeft me nooit echt iets gedaan, maar ik word helemaal eng van hem en hoe aardiger hij doet hoe enger hij wordt. Maar dat tientje is toch al bijna op dus ik heb bijna geen reden meer om dankbaar te zijn.

Maar goed, ik wou je alleen even laten weten dat ik me heb be-

dacht over een tijdje rust en zo. Ik hoop dat je niet van me baalt. Ik doe deze morgen op de bus. (Ik zou hem wel langs willen brengen maar dan zou ik het niet kunnen laten om naar binnen te gaan en te blijven wachten als je er niet was en ik wil dat jij dit keer de kans hebt om te beslissen en als ik je zie weet ik dat je dat niet doet. Van me balen, bedoel ik, niet al te erg tenminste.)

Liefs Sha xxxxxxxx

Het konijn ligt voor hem op de tafel, maar het duurt op de een of andere manier een hele tijd voordat hij het echt goed ziet. Hij snapt er niets van. Wat deed die brief op de plank? Als ze hem achteraf toch niet had willen versturen, waarom had ze hem dan bewaard? Of was ze hem vergeten? Als ze dacht dat ze hem al had gepost, dan zou ze zijn blijven wachten tot Paul langskwam. En in de rats hebben gezeten. Als ze gek was geworden van het wachten, of had gedacht dat hij niet kwam, zou dat verklaren waarom ze was weggegaan. En Paul had gelijk, ze had vast gelogen tegen Steve Stijf in de Broek. Maar hoe kon ze die brief vergeten zijn, als hij zo belangrijk voor haar was?

Lew stopt de brief weer in de envelop en gebruikt de lijm van Skip om die dicht te plakken. Daarna maakt hij het biscuitblik open. Bovenop ligt een klos blauw garen met een naald die op zijn plaats wordt gehouden door de laatste vijf of zes slagen draad. Precies zoals zijn moeder het doet. Voor de rest zijn het alleen maar prullaria: schelpen, stenen, oude munten. Hij pakt een gouden ring en draait hem rond in het kaarslicht. Hij ziet eruit als een trouwring. Aan de binnenkant zit een inscriptie, maar de letters zijn te oud en versleten om te kunnen lezen. Lew probeert hem om te doen, maar de ring is te klein en hij krijgt hem niet over zijn knokkel.

Hij pakt het brokje hasj dat hij in Pauls shag heeft gevonden. Het is zo klein dat Paul het zelfs als hij het zich herinnerde niet erg zou vinden. Misschien wist hij dat het erin zat en gaf hij het expres aan Lew, samen met de shag. Het is toch maar genoeg voor één vloeitje.

Waar Sha ook is, ze is vast bij vrienden, anders had ze de cheques wel nodig. Paul heeft waarschijnlijk gelijk over Sheila of hoe ze ook heette.

Lew doet zijn mond open en blaast de rook uit. Het lijkt een eeuwigheid te duren voordat hij alles uit zijn longen krijgt en daarna voelt hij zich zo verschrompeld als een lege strandbal. Hij is al stoned. Hij ademt in door zijn neus en voelt hoe de lucht zijn neusgaten openspert. Hij komt er vast gauw genoeg achter waar ze naar toe is. Ze komt vast gauw terug.

Met toegeknepen ogen steekt hij de draad door het oog, neemt hem dubbel en legt er een knoop in. 'Niet bang zijn, meneer Konijn. Wat? O, neem me niet kwalijk! Juffrouw Konijn. Niet bang zijn, juffrouw Konijn, dit doet helemaal geen pijn.' Hij naait de naad zo zorgvuldig mogelijk dicht en bewondert als hij klaar is zijn handwerk. 'Niet slecht,' geeft hij toe. 'Misschien moet ik maar chirurg worden.' Hij zet het konijn boven op de speelgoedmand. 'Zo dan. Blijf daar maar zitten wachten op Skip.'

Hij draait zich langzaam om en heeft even het gevoel dat de kamer meedraait. Hij lacht. De hasj van Paul was inderdaad sterk. Hij had het kunnen weten. Paul zou zijn tijd heus niet met rotzooi verdoen.

Hij leunt op de tafel. Van de stuff die Slim altijd achteroverdrukte, verkruimelden ze gewoon een stuk zo groot als een aspirientje in de joint, maar deze stuff is andere koek. Hij draait zijn hoofd om. Hij hoort iets! Een soort gesis, uit de keuken. Hij slikt, staat op en buigt zich langzaam door de deuropening. Hij gaat behoedzaam de keuken binnen. Het is de oven. Het gas maakt een soort fluitend geluid. Wat het eerst niet deed. Of wel? Misschien had hij het eerst niet in de gaten door het gepraat van Paul. Moet hij hem afzetten? Hij snuift. Hij weet niet zeker of hij iets raars ruikt of niet. Is het giftig? Als je de ovendeur zo open laat staan?

Het keukenraam is ondoorzichtig door de condens. Hij gaat er met zijn vinger overheen en trekt een rechte donkere streep. Het glas is koud. Hij doet het raam open om wat frisse lucht binnen te laten, schrijft 'Lew' op het glas, en dan nog een keer achterstevoren zodat je het van buitenaf kunt lezen. Daarna doet hij het raam dicht. Het is te koud. Ook de ovendeur doet hij dicht. Je weet maar nooit.

Als hij na het pissen zijn handen wast, is hij verbaasd. Er is nog warm water. Hij had gedacht dat als de verwarming het niet deed, het warm water het ook niet zou doen. Dat leek logisch. De kast met de boiler en de verwarmingsketel is in de keuken. Als het warm water het doet, kan hij de verwarming misschien ook weer aan de gang krijgen. Hij neemt een kaars mee naar de keuken en doet de boilerkast open, maar hij heeft nog nooit zoiets ingewikkelds gezien. Pijpen en kabels die alle kanten op lopen en een hele rij schakelaars en kranen. Om de reservoirs en de pijpen zit een soort dikke plastic isolatie en het is onmogelijk om te zien wat waarheen loopt. Als hij met de schakelaars begon te klooien, zou het een wonder zijn als de boel het ooit weer deed. En trouwens, misschien was het water gewoon nog warm van eerst.

Hij wrikt een vinger door een naad in de isolatie, maar trekt hem gauw terug. Hij is duidelijk aan.

Terwijl het bad volloopt, zet hij een kaars op het plankje voor de spiegel en kleedt zich uit. Hij veegt de spiegel schoon, gaat op de rand van het bad staan, draait zijn bovenlijf om en kijkt naar de blauwe plek op zijn achterbeen. Die is zo groot als een vuist maar niet heel erg donker. Heel angstvallig raakt hij hem aan. De plek is gevoelig. De laatste die hem heeft geschopt was zijn vader. De klootzak. Lew wist niet eens wat er aan de hand was, wat hij gedaan had, hij had niks gedaan. Hij speelde gewoon met dat kind, hij wist niet eens wie het was, gewoon een kind in het park, en hij had zijn ouders niet horen roepen of zoiets. Daarom was het. Zijn vader dacht dat hij expres niet naar hem luisterde en werd vreselijk kwaad en voor Lew het wist kreeg hij die schop onder zijn kont. Het deed behoorlijk pijn maar de schrik was erger. Iedereen keek naar hem. Hij probeerde het tegen te houden, maar het lukte niet. Hij kon niet ophouden met huilen, en iedereen keek naar hem.

Sha was er niet bij in zijn herinnering en hij kon zich ook niet herinneren dat hij het haar verteld had. Het was waarschijnlijk toen ze al weg was.

Het water is te heet dus hij moet er wat koud bij doen voordat hij erin kan stappen. Hij gaat op zijn hurken op de badrand zitten, steekt er een voet in, houdt hem daar een paar seconden en trekt hem er dan gauw weer uit. Erin en eruit totdat hij het kan uithouden, en dan laat hij zich er langzaam in zakken en gaat achteroverliggen. Zo vanonder uit het bad lijkt de kaars voor de spiegel net twee kaarsen, vanwege de reflectie. Twee kaarsen, de voorste een pietsje groter. Als hij zich alleen op de kaarsen concentreert en niet naar de spiegel zelf kijkt, beginnen de kaarsen om elkaar heen te draaien, en hij kan ze niet meer uit elkaar houden, het is net of ze op een wiebelende veer staan.

Hij laat wat water weglopen om ruimte te maken, doet er dan weer heet bij tot hij het nauwelijks meer uithoudt. De badkamer is helemaal dampig en de weerspiegelde kaars is bijna verdwenen. Zijn vel onder water is roze en rood en het voelt alsof zelfs zijn bloed warmer is geworden. Hij houdt zijn oren onder water, haalt diep adem en laat zich half drijven. Hij kan zijn hart horen kloppen. Fantastisch. Thuis was zijn baddertijd strikt beperkt. Maximaal tien minuten. Het laten vollopen niet meegerekend.

Tegen de tijd dat Sha terugkomt, ben ik hier meer thuis dan zij, bedenkt hij en hij gaat weer rechtop zitten om de zeep te zoeken.

Hij wast zijn gezicht, boent het met het washandje en duikt dan opnieuw onder om het af te spoelen. Hij trekt zijn buik in en kijkt hoe zijn pik en de fijne haartjes rond zijn kruis omhoog drijven. Als hij zijn heupen optilt, gaan ze onder hun eigen gewicht liggen. Laat hij zijn heupen weer zakken, dan drijven ze weer omhoog. Hij rekt het vel van zijn onderbuik uit om te kijken hoever de fijne, roodachtig zwarte haartjes al omhoog zijn gekropen naar zijn navel. De voorhoede is er al maar de toevoerlinies zijn nog niet helemaal klaar.

Hij maakt met zijn duim en wijsvinger een rondje om zijn pik. Of zijn hand wordt groter of zijn pik blijft hetzelfde, en volgens hem is zijn hand niet groter geworden. Bij seksuele voorlichting zeiden ze dat ze nooit te klein zijn, maar dat weet hij nog zo net niet. In het nichtenblaadje dat Slim achter het openbare toilet vond, hadden alle kerels enorme lullen. Als zulke lui bij een meid in haar doos pasten, dan kon de zijne er wel drie keer in.

Hij herinnert zich een mop die hij niet begreep toen hij hem voor het eerst hoorde. Hij lachte met iedereen mee, maar hij snapte hem niet. De clou was: 'Hij is van mij en ik was hem zo snel als ikzelf wil.' Hij gaat rechtop zitten. Was dat een deur? Druipend stapt hij uit het bad op de vloer en wikkelt een handdoek om zijn middel die hij van voren in een frommel dichthoudt. De damp slaat van zijn lichaam af. Hij doet de badkamerdeur open. 'Sha?'

Niets. Er is nog steeds niemand in de flat.

Hij doet de grendel op de badkamerdeur en stapt weer in bad.

Willoughby Road bestaat uit keurige rijtjeshuizen en poenerige auto's. De straat loopt flauw omlaag en de huizen volgen trapsgewijs: eerst is er een voordeur op grondhoogte, dan eentje twee treden hoger, dan eentje vier treden hoger, dan weer eentje op grondhoogte. Lew gaat met zijn vingers over de bovenkant van de voormuur. Bij de speelplaats thuis was er net zo een. Hij weet nog dat hij eroverheen liep toen hij nog zo klein was dat hij het eng vond. Sha tilde hem met een zwaai over het hek. Een keer deed een vrouw een raam open en schreeuwde dat hij moest maken dat hij van haar muur af kwam, maar Sha gaf haar zo'n grote bek terug dat ze alleen het raam weer dichtdeed en verder niets meer zei. Hij was met stomheid geslagen.

Lew heeft geen huisnummer nodig om te kunnen raden waar Paul woont. De afbladderende verf is zo grijs dat hij niet eens weet welke kleur ermee bedoeld wordt. De tuin is een plaat beton met een barst erin van het tuinhek tot aan de gasmeter. Het hek wordt opengehouden door een baksteen. Lew hoort de klik van een grendel, en van een tweede.

'Ja?'

De man die de deur opendoet, is lang en slungelig. Hij houdt met zijn linkerhand de deur vast en leunt met zijn rechterschouder tegen de muur. De duim van zijn rechterhand is door een lus van zijn spijkerbroek gestoken.

'Woont Paul Shortland hier?'

'Ja.'

Lew wacht tot hij nog iets zegt, maar dat doet hij niet. 'Is hij thuis?'

'Nee.'

'Weet je wanneer hij terugkomt?'

'Nee.'

Lew kijkt omlaag. Die zak heeft geen schoenen aan, alleen spierwitte sokken. Zijn T-shirt is ook wit, met een gekleurde afbeelding erop. Lew kijkt weer omhoog naar het gezicht onder het rockabilly-kapsel en de Clark Kent-bril. Hij zou beter uit de verf komen als hij gaapte.

'Kan je wat aan hem doorgeven?'

'Mij best.'

'Zeg hem maar dat Lew is geweest, Lew Neall. Paul is een vriend van mijn zus.'

'Sha?' Hij kijkt verbaasd. 'Waarom zei je dat niet meteen?' Hij heeft de deur opeens wijd opengegooid. 'Ik wist niet dat je Paul kénde. Ik ben Greg.' Hij veegt zijn haar van zijn voorhoofd. 'Wil je binnenkomen?'

Lew aarzelt. 'Is Paul thuis?'

'Nee, die is op zijn werk.' Greg geeft Lew een teken dat hij hem moet volgen. 'Je boft dat ik er ben, ik had ook op mijn werk moeten zijn.' Hij grijnst en knijpt in zijn neus. 'Ik ben verkouden.'

In de gang is het warm en in de keuken heet. Lew trekt Sha's jas uit en hangt hem over de rugleuning van een houten stoel. Greg pakt zijn schoenen van de tafel, gaat zitten en buigt zich voorover om ze aan te trekken. 'Ik was ze wat aan het opkalefateren,' zegt hij, maar de schoenen zien eruit alsof hij er een poetsmachine op heeft losgelaten. Zelfs voor pa zouden ze ermee door kunnen, denkt Lew, en hij kan een spotlachje niet onderdrukken. Terwijl Greg zijn veters vastmaakt, trekt Lew zijn trui uit en drapeert hem over de jas. 'Het is hier wel een beetje warm, hè?'

Greg grijnst. 'Dat vind ik lekker.'

Lew kijkt om zich heen om te zien waar de warmte vandaan komt en ontdekt een oude grijsstalen convectiekachel in de hoek achter de tafel. Hij heeft de vorm van ruimteschepen in ouderwetse strips en zal vijftig jaar geleden wel supermodern zijn geweest. Lew houdt zijn handen erboven en draait ze om en om. De hitte pist eruit.

Greg wipt van zijn hakken op zijn tenen en bewondert zijn schoenen. Hij knikt en glimlacht. Hij kijkt op naar Lew. 'Wil je wat drinken? Koffie? Thee?'

Lew schuift een vuil kopje over de tafel voor hem. 'Komt Paul gauw terug?'

Greg schudt zijn hoofd. 'Dat zit er niet in. Meestal gaat hij naar de kroeg, en zelfs als hij dat niet doet, is hij er niet voor vier, vijf uur. Soms werken ze ook over. Is het belangrijk?'

'Het kan wel wachten.'

De ketel begint te fluiten en Greg drukt de muurschakelaar uit. 'Hoe is het met Sha?'

Er is iets raars aan de manier waarop hij die vraag heeft gesteld. Te achteloos. Hij wast een paar kopjes om, maar zelfs dat lijkt een dekmantel.

'Ik heb haar niet gezien.'

'Nee?' Greg pakt het vuile kopje van de tafel en zet er twee schone voor in de plaats. 'Zo, en wat brengt jou naar de grote stad?'

'Ik kwam Sha opzoeken. Maar ze is een paar dagen weg.'

'Dat komt slecht uit. Wist ze niet dat je kwam?'

Lew haalt zijn elleboog van de tafel. 'Niet precies... Ik bedoel, ze wist het wel, maar niet precies wanneer.'

'Als ze niet opschiet, loopt ze je nog mis.'

'Hoe bedoel je?'

'Hoelang blijf je?'

'Ik blijf niet maar gewoon. Ik bedoel, ik blijf, ik ga niet terug.'

Greg zegt niets. Hij zit alleen met zijn onderkaak te spelen. Terwijl hij zijn mond een stukje openhoudt, beweegt hij hem heen en weer. Hij drukt eerst aan de ene kant zijn vingertoppen tegen zijn kaakspieren en dan aan de andere. Hij lijkt Lews aanwezigheid vergeten te zijn. Lew gaat verzitten. Hij kijkt naar de theepot.

'Ja,' zegt Greg langzaam en zonder ook maar te zinspelen op wat hij bedoelt. Hij schenkt twee kopjes in en haalt een pak melk uit de koelkast. 'Wanneer ben je precies aangekomen?

En je weet ook niet waar ze heen is?

Zelf zou ik het niet erg vinden als ze een beetje opschoot en terugkwam, dat maakt het leven hier misschien wat makkelijker. Suiker?

Als je het mij vraagt, is ze nu al een paar weken "een paar dagen weg". Misschien moet je je ouders bellen. Misschien weten die waar ze zit...'

Lew geeft mompelend antwoord. Hoe langer hij daar zit, hoe meer hij het gevoel krijgt dat Greg hem alleen maar binnen heeft gevraagd om hem uit te horen, en hoe meer vragen hij stelt, hoe minder hij hem mag. En hij had hem meteen al niet erg gemogen.

Hij heeft besloten dat het volgende woord dat hij gaat zeggen 'dag' zal zijn, maar voordat hij de kans heeft om een vraag te negeren en het te zeggen, heeft Greg zijn kopje achterovergeslagen en staat op. 'Hé, Lew, leuk om je ontmoet te hebben en zo, maar ik moet ergens heen. Nooit een momentje rust.' Hij loopt de keuken uit en de gang in, richting voordeur. Lew schuift zijn stoel achteruit en trekt zijn trui aan. Greg komt weer binnen met een vest en een leren jack aan en een raar ouderwets petje op zijn hoofd. Zoals waar oude sukkels mee lopen als het regent. Lew steekt een arm in Sha's jas. Terwijl hij hem om zijn schouders wurmt, begint Greg te grijnzen. 'Ik had je meteen moeten herkennen,' zegt hij tegen hem. 'Nu ik je zo duidelijk zie, ben je sprekend Sha.'

'Moet je de kachel niet uitzetten?' vraagt Lew als ze naar buiten gaan. Greg tuit zijn lippen en schudt zijn hoofd. 'Nee,' zegt hij. 'Dat is goed voor het huis. Het jaagt het vocht eruit.'

Lew staart naar de binnenkant van de voordeur. Het lijkt goddomme wel een vesting. Er zitten drie sterke sloten op, en een ervan is verbonden met een soort stalen staaf die aan weerskanten van de deur in een beugel zit.

'Jullie krijgen veel bezoek, hè?'

Greg grijnst weer. Hij heeft zo te zien schik in het leven. 'Let daar maar niet op. Die zijn van de man die hier eerst woonde. Rare kerel. Een Ier.' Nadat hij de deur achter hen heeft dichtgedaan, draait hij ze alle drie op slot.

Een dikke vrouw met een plastic schort voor komt vanachter uit het café, vraagt hem wat hij wil, schenkt een mok thee in uit een pot op een komfoor, kwakt een vruchtencakeje op een schoteltje, pakt zijn geld en laat hem met rust.

Lew voelt of Sha's brief nog veilig zit weggestopt. Dat Paul er niet was, zou een teken kunnen zijn dat hij nog eens goed moest nadenken voordat hij hem aan hem gaf. Maar het was vast wel goed. Sha zou hem nooit geadresseerd en dichtgeplakt en bewaard hebben als ze hem niet aan hem had willen geven. En als ze is weggegaan omdat ze denkt dat híj háár niet meer wil zien, en Paul niet naar haar op zoek is gegaan omdat híj denkt dat zíj hém niet wil zien, dan is het één grote kluwen, en hoe sneller die uit de knoop wordt gehaald, des te beter, en hoe sneller Paul haar opspoort, des te sneller hij Sha zal zien.

Hij neemt een hap van het cakeje en een slokje thee. Die is sterk, melkachtig en zoet. Precies zoals hij het lekker vindt en een stuk beter dan die stinktroep die Greg hem gaf. Hij wil Sha's brief pakken maar laat zijn hand weer zakken. Als hij hem niet weer had dichtgelijmd, had hij hem nog eens kunnen lezen.

Lew is nu Sha's postbode. Zoals Case het de afgelopen drie jaar voor hem was. De paar jaar daarvoor had hij helemaal niets van Sha gehoord. Hij wist niet eens dat ze had geprobeerd hem te schrijven tot die dag halverwege zijn eerste semester op de middelbare school, toen Case tegen de rest van de klas zei dat ze met hun huiswerk konden beginnen als ze dat hadden en hun kop moesten houden als ze het niet hadden, en hem mee naar buiten nam.

'Ik heb hier een brief,' zei hij. 'Een ex-leerling van me heeft hem me gestuurd en me gevraagd hem aan jou te geven.' Hij gaf de kinderen bij het raam een teken dat ze weer aan hun tafeltje moesten gaan zitten, legde een hand op Lews schouder en liep een stukje verder de gang met hem in. Hij stak zijn hand in zijn jasje en trok er een envelop uit.

'Er zijn bepaalde scheidslijnen in de samenleving,' ging hij verder terwijl Lew naar de brief gluurde en het adres probeerde te ontcijferen. 'Tussen de verantwoordelijkheden van leraren en de verantwoordelijkheden van ouders.'

Lew herkende het handschrift niet en had geen idee waar Case zo over dooremmerde.

'Begrijp je wat ik zeg?'

Lew knikte. Case schraapte zijn keel. 'Nou ja, laat ook maar. Deze envelop is aan mijn adres gericht, met mijn naam erop, en is dus mijn bezit.' Hij haalde de brief eruit en stak de envelop weer in zijn zak. 'Deze brief is van jou. Ik hoop dat je snapt wat ik bedoel.' Hij keek op zijn horloge. 'Het is bijna pauze. Ga hem maar lezen op het schoolplein.'

Maar nu ligt Case half verlamd in een ziekenhuisbed en ze zeggen dat hij nooit meer voor de klas zal staan.

De cafédeur knarst en een lachend kind met een rode anorak aan rent naar binnen. Het komt hem bekend voor, maar Lew beseft pas wie het is als zijn moeder achter hem binnenkomt. Het is de vrouw uit de winkel. Degene van wie hij dacht dat het Sha was, maar niet echt. Die met dat humeur en dat ettertje. Ze werpt een blik in zijn richting. Hij kijkt omlaag naar zijn tafeltje.

'Hallo, hoe is het?' vraagt de kokkin enthousiast. 'En hoe is het met jou, Tommy? Ben je een lieve jongen? O, vast wel!'

Tommy neemt de wijk naar het tafeltje bij het raam. Zijn moeder bestelt twee porties friet en loopt daarna met een kartonnetje sap en een mok thee naar de plek waar hij wacht. 'Mmmmm, sap,' kondigt ze aan, alsof er niets heerlijkers op de wereld bestaat. Lew kijkt toe vanuit zijn ooghoek en wacht op de uitbarsting. Misschien wordt het jochie alleen maf van chocola.

'En frietjes?' vraagt Tommy.

'De frietjes komen eraan.'

'En ketchup?'

'De ketchup komt er ook aan.' Ze kijkt weer naar Lew en betrapt hem terwijl zijn gezicht voluit haar kant op is gedraaid. Hij krijgt een kleur en kijkt de andere kant op, maar het was maar een vluchtige blik en haar aandacht is volledig op Tommy gericht. Ze is aan de kleine kant, maar niet echt klein. Ze heeft halflang donkerbruin haar en vlugge blauwe ogen. Lew trekt zijn pakje tabak uit zijn achterzak en concentreert zich op het draaien van een sjekkie. Ze is best leuk om te zien.

'Tommy, wil je dat ik dat doe?'

Tommy schudt zijn hoofd.

'Gebruik je tanden,' zegt ze en hij brengt het pakje sap naar zijn mond om in het plastic te bijten. Ze kijkt naar Lew, die zich niet omdraait maar een beetje opzij kijkt alsof hij helemaal niet naar hen gekeken heeft.

'Hallo.'

Hij heeft het gevoel dat hij weer een kleur krijgt. Hij kijkt haar ook aan. 'Hallo.'

'Hoe was de kaas?'

Nu weet hij dat hij een kleur krijgt. 'Prima.'

Ze glimlacht, maar op een aardige manier.

'Je bent niet van hier, hè?'

'Hoe weet je dat?'

Ze haalt haar schouders op. Ze kijkt om naar de keuken en laat haar stem dalen. 'Voor je eigen bestwil, wees hier voorzichtig. Met de honderd procent.'

Lew snapt het niet maar probeert dat niet te laten merken.

'Met de honderd procent korting,' legt ze uit. 'Dingen achteroverdrukken. Je moet de andere klanten niet vertrouwen. Sommige winkels geven een beloning. Heb je dat briefje op het raam niet gezien waar we waren?'

'Mammie,' onderbreekt Tommy haar, die het heeft opgegeven met het pakje sap. Ze neemt het van hem over, trekt met haar tanden het plastic eraf en bevrijdt het rietje.

'Ikke! Ikke!' roept Tommy en hij steekt zijn handen uit.

'Niet knijpen,' zegt ze, 'niet knijpen,' maar hij doet het toch en ramt tegelijkertijd het rietje erin zodat het sap als een oranje fonteintje omhoog spuit.

'Tommy!' Ze schudt haar hoofd en veegt de tafel af met een stukje wc-papier dat ze uit haar zak heeft gevist. Tommy likt het sap van zijn hand.

'Twee friet,' roept de kokkin.

'Wil je een frietje?' vraagt ze als ze met twee hoog opgetaste borden friet komt teruglopen van het buffet. Lew grijnst 'graag', pakt er een en doopt hem in de ketchup.

'Kom ons helpen, anders krijgen we ze nooit op.'

Hij aarzelt.

'Ze geeft ons altijd een hele berg, want ze vindt Tommy leuk. Het zou zonde zijn om ze te laten liggen.'

'Oké,' zegt Lew. 'Graag.'

'Schuif eens op, Tommy, maak een beetje ruimte.'

Lew drukt zijn sjekkie uit en loopt naar de stoel naast Tommy. Tommy's moeder laadt een derde van de frietjes van het ene bord op het andere, zet het bijna volle bord voor Tommy neer en het boordevolle midden op de tafel.

'Ga je gang. Ik ben Denise.'

'Lew. Bedankt.'

Tommy zegt niets, maar hij houdt Lew met een schuin oog in de gaten.

'Wat zei je nou over beloningen?'

Denise wacht tot haar mond leeg is. 'Dat is het nieuwste, vooral in minisupermarkten. Het begint in te raken. Het stelt niks voor, alleen maar een tegoedbon, zoveel gratis boodschappen als je "informatie verstrekt die winkeldiefstal helpt voorkomen". Het betekent dat je niemand kan vertrouwen.'

Lew knikt, maar hij vertelt haar niet dat hij haar ook niet had vertrouwd.

'Hoelang ben je hier al?'

'Nog maar een paar dagen.'

'Voorgoed?'

Lew haalt zijn schouders op alsof hij het nog niet weet.

'Maar je bent hier alleen?'

Hij schudt zijn hoofd. 'Mijn zus woont hier. Ik logeer bij mijn zus.'

Denise bekijkt hem aandachtig. Hij stopt een frietje in zijn mond en kijkt naar het tafeltje. Plotseling is het moeilijk om te kauwen, ook al is het frietje niet zo heet. Hij heeft op de een of andere manier het gevoel dat hij liegt, dat het eigenlijk niet waar is. Hij slikt het frietje door, maar het blijft bijna in zijn keel steken. Denise kijkt nog steeds naar hem. Tommy is druk aan het blazen, dopen en schranzen.

'Woon je hier in de buurt?'

Denise knikt.

'Misschien ken je mijn zus wel.'

Ze lacht. 'Er wonen hier een heleboel mensen.'

'Maar ze is ongeveer van jouw leeftijd, en ze heeft ook een

zoontje, Skip. Zo raar zou het niet zijn, ze heet Sha, Sharon, Sharon Neall.'

'Sorry,' zegt Denise. 'Ik ken ze niet.' Ze kijkt hem nog steeds aan. Hij kijkt de andere kant op. 'Je hoeft geen sorry te zeggen, ik zei het alleen...' Hij stopt, slikt en vertelt haar alles wat er is gebeurd.

Denise heeft in haar ene hand een plastic tasje met bibliotheekboeken en trekt met de andere Tommy mee. Tommy laat zijn voeten over de grond slepen en werkt tegen.

'Schiet op, treuzelneus,' zegt ze. 'We hebben niet de hele dag.'

'Nóg een keer!' houdt hij vol en hij zet zich schrap. Hij steekt zijn vrije hand uit naar Lew. Lew kijkt naar Denise. Als ze toegeeft, begint Tommy te stralen.

'Eén keertje maar, meer niet. Daarna moet je lopen, goed?'

Lew pakt Tommy's hand en ze beginnen alle drie te lopen en met hun armen te zwaaien.

'Een... Twee... Drie... HUPSAKEE!'

'Ziezo,' zegt Denise, en ze laat hem los en loopt verder.

'Ahhhh. Nog één keertje.'

'Paardje rijden!' Lew tilt Tommy vanachter hoog de lucht in en laat hem op zijn schouders zakken.

Bij het kruispunt met de grote weg blijft Denise staan. 'Wat ga je nu doen?'

Lew denkt even na. 'Weet ik niet, niet veel denk ik.' Hij steekt zijn armen omhoog, grijpt Tommy stevig in zijn oksels, zet zijn benen schrap, strekt zijn armen als een gewichtheffer en zwaait Tommy naar voren en omlaag. 'Ik wil Sha's brief naar Paul brengen als hij klaar is met werken.'

Denise pakt Tommy's hand. 'Als je wil, kan je mee naar ons komen en daar een tijdje blijven. Als je niks beters te doen hebt.'

Lew kan een grijns niet onderdrukken. 'Zeker weten?' Zijn

stem piept zowat. Hij slikt om zijn keel vrij te maken en kijkt naar de grond.

Als Tommy beseft dat Lew met hen meegaat, houdt hij op met lopen en steekt zijn armen omhoog.

'Dat hoeft niet, hoor' zegt Denise.

'Het is oké. Ik vind het leuk.'

Als ze rechtsaf de straat zijn in gelopen naar die van Denise, is er tussen de gebouwen een kier in de wolken te zien.

'Kijk, Tommy,' zegt Denise met een knikje in de richting van het stuk lucht. 'Blauwe lucht!'

'Waar?' vraagt Tommy, terwijl hij zich heen en weer draait op Lews schouders. 'Waar?'

'Daar. Kijk maar.'

Tommy speurt de lucht, de straat en de gebouwen af, maar hij vind niets. Denise lacht. Ze zet haar boeken neer, gaat op haar tenen naast Lew staan en houdt zich met een hand in evenwicht op zijn schouder terwijl ze Tommy precies wijst waar hij moet kijken. Lew blijft doodstil staan. Hij voelt de zachte bolling van haar borst tegen zijn bovenarm drukken. Hij weet niet of het haar lichaam of haar adem is maar hij ruikt iets zoets en dat stijgt naar zijn hoofd. Even kan hij helemaal niet meer nadenken.

'Daar, Tommy... Kijk... Blauwe lucht... Zie je wel?'

Tommy knikt maar lijkt wat verward.

De lift in het gebouw van Denise stinkt. Het kost Lew een paar seconden om het te plaatsen als een mengeling van oude pis en vers desinfecteermiddel. Hij zegt niets. Ze staan alle drie stil en staren naar de deur. De binnenkant van de lift is bekleed met geribbeld staal dat kleuren weerspiegelt maar vormen vervaagt. Op een bordje naast het bedieningspaneel staat dat er zes mensen in de lift kunnen.

Bij het uitstappen drukt Denise gauw op de knop voor de begane grond. De deur gaat achter hen dicht en de lift komt in beweging.

'Waarom deed je dat?' vraagt Lew. Denise zoekt haar sleutels.

'Wat?'

'Waarom stuurde je de lift terug?'

Ze lacht en maakt het eerste van twee sloten open. 'Dat doe ik altijd.'

Tommy rent langs haar naar binnen en verdwijnt in de flat. Ze trekt haar jas uit en hangt hem aan een haakje naast de deur. Lew kan geen enkele reden bedenken om de lift terug te sturen. Tenzij het uit beleefdheid is. Een of andere hoogbouwetiquette waarvan hij nog nooit heeft gehoord.

'Kom binnen. Hang je jas op,' zegt ze, en ze kijkt achterom naar de lift. 'Ik heb er gewoon een hekel aan, meer niet. Hij stinkt en hij is lelijk. Ik wil gewoon niet dat hij voor mijn deur rondhangt.'

Tommy komt terug met zijn armen om een rode plastic brandweerauto geslagen. 'Kijk, Lew, kijk.'

'Laat hem eerst zijn jas uittrekken,' lacht Denise en ze loopt verder naar de keuken. Lew haalt diep adem. Het ruikt lekker in de flat, naar bloemen of iets gebakkens.

Als Tommy uitgeput is van het spelen en Denise hem naar zijn kamer brengt voor zijn dutje, kijkt Lew eens goed naar de decoraties op de woonkamermuur. Behalve massa's uit bladen geknipte foto's heeft Denise ook een heleboel schilderijtjes en tekeningen van Tommy opgehangen.

Hij blijft staan voor een prikbord dat bijna helemaal bedekt is met foto's van Denise en Tommy en andere mensen. Hij kijkt aandachtig naar de mannen op de foto's en controleert stuk voor stuk of ze op Tommy lijken.

'Zit er iemand bij die je kent?' vraagt Denise. Lew schrikt en draait zich half om. Even denkt hij dat ze door heeft wat hij aan het doen was, dan ziet hij dat dat niet zo is. Ze bedoelde het alleen maar aardig.

'Dat duurde niet lang,' antwoordt hij mompelend. Ze lacht. 'Hij is niet altijd zo klierig als gister.' Ze laat zich in een leunstoel ploffen. 'Ik ook niet, trouwens.' Ze buigt zich voorover, draait Tommy's kleurboek de goede kant op en pakt het op. 'Heb jij dat gedaan?'

'Stukjes.'

'Nou, ik zie wel welke stukjes Tommy heeft gedaan!' Ze houdt het boek omhoog om het licht van het raam te vangen. 'Prachtig! Het lijkt wel een schilderij of een foto of zoiets.' Ze trekt haar wenkbrauwen op. 'Je hebt talent. Het is nooit bij me opgekomen dat je iets zo zou kunnen inkleuren... Ik dacht gewoon dat je één kleur voor elke lege plek moest gebruiken, weet je,' lacht ze, 'net zoals wanneer ze nummers hebben, twaalf voor bruin.'

'Sha heeft me leren tekenen,' zegt Lew, maar als hij zich probeert voor te stellen hoe ze dat deed, lukt het niet. Toch is het waar. Tenminste, zij was de eerste.

Hij kijkt op, eerst naar Denise, dan de kamer rond. 'Is het moeilijk?' vraagt hij. 'Ik bedoel, zo alleen?'

'Waar maak je uit op dat we alleen zijn?'

'Sorry.' Hij is in de war en krijgt een kleur. 'Ik bedoel, ik weet het niet, ik dacht gewoon...' Hij kijkt de kamer weer rond alsof hij daar misschien iets zal vinden wat verklaart waarom hij dacht dat ze alleen waren. Denise legt het kleurboek neer en pakt de lege theepot. 'Laat maar. Ik plaag je gewoon. Ik wist niet dat het zo duidelijk was. We zijn alleen, ja.'

Lew kijkt verward.

'Het is niet zo moeilijk.' Ze veegt het haar voor haar ogen weg. 'Soms. We redden ons wel.'

Lew pakt een spel kaarten van het boekenrek, schudt ze en gaat op de vloer zitten. Kaarten was iets wat van zijn ouders niet mocht. Behalve kinderkaarten voor spelletjes als kwartetten of pimpampetten. Echte kaarten mochten niet. Hij had zijn vader eens een getuigenis horen afleggen op de wijkpost, iets over drinken en gokken voordat hij gered was. Voordat Jezus persoonlijk aan hem verscheen in de vorm van een verblindend licht in een 'verdorven' hotelkamer. – 'Amen, broeder!'– Behalve die ene keer had Lew hem nooit over zijn verleden horen praten. 'Dat is vergif voor mij,' zei hij altijd als iemand hem drank aanbood, en kaarten en sigaretten konden op dezelfde reactie rekenen. Alsof ze maar heel even langs zijn vingers hoefden te strijken om alles te laten verdwijnen. Vijfentwintig jaar wedergeboorte, in rook opgegaan.

Lew stopt met schudden en wipt de bovenste kaart om. Het is geen gewone kaart. Het is een plaatje van een blote vrouw onder een grote gele ster. In elke hand heeft ze een kruik. 'De Ster', staat er onder het plaatje geschreven. Lew wipt de volgende kaart om. Het is een plaatje van een treurig kijkende man bij een wijnrank waar cirkels en sterren omheen groeien. De volgende is een donkere figuur die voor een wolk staat waarop een heleboel gouden bokalen drijven en uit elk daarvan komt iets te voorschijn: een kasteel, juwelen, een slang, een geest of Jezus die opstaat uit de dood. Denise komt de kamer weer binnen. 'Dat is tarot,' zegt ze.

'Dat dacht ik al.' Lew draait het spel om en spreidt het uit. 'Dat heb ik nog nooit gezien.'

Ze zet de theepot op de grond en gaat naast hem op haar hurken zitten.

'Kun je hier de toekomst mee voorspellen?'

'Van wie? Mezelf, of van wie dan ook?'

Lew haalt zijn schouders op. 'Jezelf, of wie dan ook.'

'Er zijn misschien mensen die dat kunnen, ik weet het niet. Ik denk het eigenlijk niet, maar je kunt er wel dingen mee doen, andere dingen. Je kunt dingen over jezelf leren en inzicht krijgen in andere mensen. Je kunt de antwoorden op vragen vinden.'

Lew pakt 'De Ster'. 'Waar staat deze voor?'

'Zo werkt het niet, je kunt niet maar gewoon een kaart pakken en zeggen: "Waar staat deze voor?" Dat is gevaarlijk, dan krijg je de verkeerde boodschap.'

'Maar waar staat hij voor?'

'Dat zeg ik niet. Als je het wil doen, moet je het goed doen.'

'Oké,' zegt Lew. 'Doe het dan goed, voor mij.'

Ze gaat zitten, slaat haar benen over elkaar, pakt de kaarten en schudt ze. 'Weet je het zeker?' vraagt ze en haar stem klinkt ernstig. Hij knikt, onderdrukt een grijns, slaat zijn benen over elkaar en krijgt even een aanvechting om de lotushouding aan te nemen.

'Goed dan,' zegt ze en ze geeft hem het spel. 'Jij moet de kaarten vasthouden en aan je situatie denken, in het algemeen of specifiek, in verband met een vraag waarop je antwoord wil... Zeg me niet welke het is, denk er alleen aan.'

Hij fronst en weegt de kaarten in zijn handen. Wat voor soort vraag? Waar Sha is? De kaarten zullen hem heus geen adres geven... Wanneer komt ze terug? De kaarten zeggen: 'Volgende week donderdag!' Hoe moet het dan met hem? Denise? Vindt Denise hem aardig? Hij doet zijn benen van elkaar en andersom weer over elkaar. Hij kan niet maar één vraag bedenken. Oké. De algemene situatie dan.

'Ben je klaar?'

Hij knikt.

'Concentreer je op je vraag, schud ze tot je voelt dat ze genoeg door elkaar zijn gehusseld.'

'Dat zijn ze volgens mij nu al.'

Ze glimlacht afkeurend. 'Schud ze nou nog een beetje, om het gevoel te krijgen. Het belangrijkste is dat je denkt aan wat je vraagt.

Goed? Spreid ze dan nu omgekeerd uit op het kleed. Zo is het genoeg, alleen maar zodat je een stukje van elke kaart ziet... Kies er terwijl je aan je vraag denkt met je linkerhand vier kaarten uit. Concentreer je op de kaarten en kijk of er zijn die smeken om uitgekozen te worden.'

'Waarom moet dat met je linkerhand?'

'Omdat je rechts bent.'

'Huh?'

'Als je het wil doen, doe het dan. Naderhand mag je vragen stellen.'

Lew beweegt zijn linkerhand boven de uitgespreide kaarten en probeert zich open te stellen. Plotseling voelt hij koude lucht bij zijn vingertoppen. Hij laat zijn hand weer boven de plek hangen waar hij het voelde, maar hij is het kwijt. Hij kijkt naar de keukendeur. Het zal wel tocht zijn geweest. Hij pakt toch maar zijn eerste kaart... Shit! Zijn situatie. Hij probeerde zo druk naar de kaarten te luisteren, dat hij zijn situatie vergat! Hij probeert zich op zijn situatie te concentreren en laat zijn hand blindelings op een andere kaart neerdalen... Maar dat was te snel. Het was alleen zwaartekracht. Concentreren! Hij staart naar de ruggen van de kaarten. De blauwe en witte arcering ervan zwaait heen en weer. De arcering keert zich binnenstebuiten en weer terug zoals zo'n geometrische figuur waarin je verschillende dingen kunt zien. Maar het doet het op elke kaart in gelijke mate... Hoe hard hij ook zijn best doet, hij hoort geen kaart die 'Neem mij' roept of 'Nee, nee, mij moet je hebben.' Hij hoort helemaal niets, dus pakt hij maar de op een na laatste kaarten van beide kanten van de waaier.

Denise legt de kaarten in een kruis, van links naar rechts en van boven naar beneden. 'Zo,' zegt ze tegen hem. 'Nu ga ik een beetje over de kaarten praten, en jij denkt aan ze, en alles wat ik zeg is alleen maar om je op ideeën te brengen. De echte antwoorden liggen in jezelf. Klaar?'

Lew schraapt zijn keel en buigt zich met een ernstig gezicht naar voren. 'Ja,' galmt hij met langzame, diepe stem.

'Als je niet wil...'

'Jawel, sorry. Ik wil het wel. Ga door.'

Ze draait de eerste kaart om. 'De Toren' staat eronderop geschreven en het is een plaatje van een toren.

'De eerste kaart schildert de situatie zoals hij is... "De Toren"... Een donkere toren is door de bliksem getroffen en verwoest. Een man en een vrouw vallen.' Lew staart naar de kaart. De toren ziet er onheilspellend uit, als een gevangenis. Een man en een vrouw die vallen. Hij en Sha? Paul en Sha? Hij kijkt naar Denise.

'De toren of het fort is vernietigd. Gezag of hoogmoed is voor de val gekomen. Iets wat zeker leek, was het niet en de mensen die in de toren zaten, vallen... Uit de toren maar in iets anders...'

In elkaars armen? Zijn ze verliefd?

'In de wereld. Dat is beangstigend maar geeft ook hoop. Hoop op een nieuw leven, bevrijd van de tirannie van de toren. De toren staat voor de vernietiging van dingen die zeker waren, en voor de gevaren van het onbekende.'

Denise draait de tweede kaart om.

'Die heb ik al gehad!' Lew kijkt aandachtig naar de kaart. Het is die met de bokalen die op de wolk zweven. Het voelt raar, twee keer dezelfde kaart krijgen, misschien is het een speciale, speciaal voor hem. Denise schraapt haar keel. 'Wat betreft de vraag die je stelt, staat deze kaart voor de verleidingen of illusies die je op een dwaalspoor kunnen brengen... Het is de zeven van bekers en als die in een negatieve positie staat, zoals hier, is het de kaart van waan, droombeeld en illusie, hallucinaties en hersenschimmen. Het is een waarschuwing om je niet te laten beetnemen of verwarren door de dingen die je in de bekers ziet... bevlieging, ambitie, hebzucht.'

Lew wijst op een van de bekers. 'Dat is de toren van die andere kaart, misschien betekent dat dat ik me niet op een dwaalspoor moet laten brengen door de kaarten.'

Denise kijkt afwezig en geërgerd.

'Nee, ga door,' zegt hij verontschuldigend. 'Het is interessant.'

De derde kaart is 'De Zon' en er staat een plaatje op van een bloot kind in een tuin onder de zon. Onder de zon. 'Alles onder de zon.' Denise glimlacht. 'Dit is Tommy's lievelingskaart.'

'De Toren' – vallen. 'Het verkeer werd gisteren vijfendertig minuten opgehouden.'

'Wat is er?'

Lew slikt. Hij heeft een leeg gevoel in zijn buik, alles lijkt verschoven, alsof hij valt. Waarom doet alles hem aan dat ene denken? Recht op het doel af, behalve dat het doel de straat is. Hij schudt zijn hoofd. Waarom komt Sha niet terug?

Als hij opkijkt, staart Denise hem aan.

'Zal ik doorgaan?'

Hij knikt. Ze begint langzaam en zorgvuldiger te praten. 'Het is een goede kaart. In deze positie laat hij je zien welke weg je moet nemen. Welk pad wenkt. Hij duidt op vreugde, geluk, energie en eenvoud. Jeugdigheid. Hij zegt dat je luchthartig moet zijn en je geen zorgen moet maken. Dat is misschien de betekenis van de toren in de beker op de tweede kaart.' Ze moet hoesten. '"De Toren" staat voor je situatie van dit moment, misschien betekent hij dat je je niet op een dwaalspoor moet laten brengen door je situatie van dit moment en is de derde kaart de bevestiging daarvan.'

Ze steekt haar hand uit en raakt zijn schouder aan. 'Zal ik doorgaan?'

Hij kijkt op van de kaart. 'Sorry,' zegt hij. 'Ik voelde me... even... rot.' Ze wrijft over zijn arm en knijpt er zachtjes in. 'Gaat het weer? Zal ik doorgaan?'

Hij glimlacht, kijkt in haar ogen en knikt. Tegelijk buigt hij zich een stukje verder voorover. Hij voelt zijn pik omhoog kruipen langs zijn spijkerbroek en is bang dat ze het zal merken.

'De laatste kaart verwijst naar de toekomst. Die zinspeelt op waar alles toe leidt.' Ze draait de kaart om. Het is een plaatje van een jongeman die met een groot zwaard in zijn hand op een heuvel staat. Denise fronst. Lew staart naar de kaart. Het zegt hem helemaal niets. Zal hij in de toekomst een maillot en een raar hemd dragen?

'De page van zwaarden,' zegt Denise met onzekere stem. 'Hij staat op een heuvel en kijkt waakzaam achterom... Daar word je niet veel wijzer van, hè? Ik weet niet wat deze betekent... Wacht even.' Ze kruipt over de vloer naar het boekenrek, trekt er een gehavende paperback uit en begint te zoeken. 'Hier staat het,' zegt ze en ze bestudeert de bladzij. Lew bekijkt de andere kaarten.

'De page van zwaarden betekent dat er conflicten op komst zijn en dat je je erop moet voorbereiden om die met open vizier tegemoet te treden, en dat, als je dat doet, je je erdoorheen zal slaan en er sterker en zelfverzekerder uit te voorschijn zal komen.' Ze slaat het boek dicht. 'Klinkt oké, vind je niet?'

De lift komt niet, dus gaat Lew maar via de trap: twee, vijf, negen treden per trap. Hij neemt ze snel, remt met zijn vlakke handen af tegen de muren tussen de verdiepingen en houdt zich aan de stijlen vast om de bredere overlopen op te zwieren waar de deuren op uitkomen. Hij is in een mum van tijd beneden. Hij botst zachtjes tegen de gesloten deur van de kelder, draait zich eenmaal om, drukt op de liftknop en loopt het parkeerterrein tussen de hoge flatgebouwen op. 'Je komt maar wanneer je zin hebt.' Dat heeft ze gezegd!

Lew wappert met Sha's jas om de warmte van het rennen eruit te krijgen, steekt zijn handen in de zakken en gaat op zoek naar Paul. Volgens Greg gaat hij na zijn werk altijd naar een kroeg die The Butcher's Arms heet. Lew moest lachen om de naam, 'het wapen,' maar ook 'de armen van de slager'.

'Hoe hadden ze hem dan moeten noemen?' vroeg Greg. 'De benen van de slager?' Daarna bleef hij geweldig zitten grijnzen om zijn eigen grap en liet Lew eerst vragen waar de kroeg was voordat hij het hem vertelde.

De ramen van de kroeg zijn hoog en half geblokkeerd door bloembakken. Als hij naar binnen wil kijken om te zien of Paul er is, zal hij zich aan de ijzeren staven moeten optrekken. En daarmee zou hij zichzelf voor lul zetten. Hij blijft staan bij de ingang, duwt de deur open en loopt een soort vestibule in.

Er is bijna niemand in de kroeg. Voor zich ziet hij een deuropening met 'Ladies' en 'The Lounge', en rechts van hem is de

L-vormige bar. Aan de pooltafel staat een grote zwarte man met een smetteloze overall aan klaar voor de afstoot. Zijn tegenstander is een dikke blanke kerel met een grote rossige baard en een paardenstaart, en eenzelfde blauwe overall aan. Lew doet nog een stap de kroeg in en ziet aan een tafeltje aan de andere kant Paul. Hij zit daar in zijn eentje en kijkt naar het sjekkie dat hij draait. Als hij het aansteekt, draait hij zijn hoofd half om en ziet Lew. Lew blijft staan.

Paul heeft een groot wit verband bij zijn rechteroog en het oog zelf zit half dicht door een opgezwollen, geel met blauwe bloeduitstorting. Paul grijnst naar Lew en legt het sjekkie op het tafeltje naast zijn pakje tabak. 'Ziet het er zó mooi uit?'

Lew doet zijn mond dicht en probeert terug te glimlachen. Het stukje van Pauls oog dat te zien is, is vuurrood en bloederig als een brok rauw vlees.

'Wat is er gebeurd?'

Paul haalt zijn schouders op. 'Niks... Gewoon stomme pech.'

Lew kijkt naar Pauls werkkleren. Op de voorkant van zijn trui zit een bloedvlek.

'Ik ben uitgegleden met een koevoet. Al wat van Sha gehoord?'

Lew schudt zijn hoofd. Paul pakt zijn glas en slaat het resterende derde deel achterover. 'Ga zitten. Wil je een biertje?'

Lew werpt een blik op de bar, maar de barman praat met iemand in de lounge en hij ziet alleen zijn achterhoofd. 'Ja graag, lekker.'

'Nog voorkeur?'

'Maakt niet uit, wat jij neemt.'

Lew leunt op het tafeltje en kijkt hoe Paul naar de bar loopt. Als de barman terugkomt uit de lounge, draait Lew zich om en kijkt naar de pooltafel. Die zwarte man is echt goed en heeft al zijn ballen er al bijna in. Als hij een stoot mist, kijkt Lew weer naar de bar. Paul heeft de biertjes. Een grote en een kleine. De kleine zet hij voor Lew neer. 'Ik vergat te vragen of je een grote wou of niet, dus heb ik maar een kleintje voor je meegenomen.'

'Dat is oké, bedankt.' Hij steekt de brief uit. 'Deze heb ik bij Sha gevonden.'

Paul kijkt naar het adres, draait de envelop om, ziet dat er niets achterop staat en kijkt opnieuw naar het adres.

'Ik vond hem op het boekenrek toen ik iets te lezen zocht... Ik ben naar jouw huis gegaan om hem aan je te geven, en Greg zei me dat je misschien wel hier was.'

'Dat dacht ik al,' mompelt Paul. Hij schraapt zijn keel. 'Dat Greg je dat verteld had. Of anders dat Sha terug was.' Hij kijkt weer naar de envelop, scheurt hem open en trekt de brief eruit. Hij steekt zijn sjekkie aan, neemt een trek en begint te lezen.

Lew drinkt met kleine slokjes van zijn bier terwijl Paul de brief leest. Van Pauls gezicht valt niets af te lezen. Het bier is koud en bitter.

'Shit! Teringlijer.'

Het komt van de pooltafel. De zwarte man heeft in plaats van de acht de witte bal in het gat gejaagd en de baard heeft nog vier ballen in het spel en lacht zich rot. Paul lijkt het niet eens te merken. Lew neemt nog een mondvol bier. Hij heeft het al half op en Paul is nog niet eens aan het zijne begonnen.

Paul stopt de brief weer in de envelop. Lew wacht even, vraagt dan: 'Waar ging hij over?'

'Hij is van Sha... Over die ruzie waarover ik je vertelde... Ze wilde me zeggen dat het was afgelopen. De ruzie.' Hij gaat met zijn hand naar zijn wang en raakt met zijn vingertoppen de randen van zijn bloeduitstorting aan. Hij ziet er niet erg gelukkig uit. 'Wat ik niet begrijp, is waarom ze hem niet gepost heeft.'

'Misschien dacht ze van wel,' oppert Lew. Paul fronst. 'Denk je?'

Lew leunt naar voren. Hij denkt dat als Sha dacht dat ze hem had gepost, ze zich er zorgen over zou maken dat Paul niet was langsgekomen. 'Als...' begint hij. Hij mag niet vergeten dat hij de brief niet gelezen heeft. 'Als ze wegging, is ze het misschien vergeten. In de haast.'

Paul knijpt zijn handen zo hard in elkaar dat zijn korte vierkante nagels wit worden aan de randen. 'Ik weet het niet,' zegt hij uiteindelijk. 'Het klinkt raar.'

Er komt iemand op hun tafeltje af. Paul en Lew kijken allebei op en draaien zich in zijn richting. Hij is ongeveer even lang als Paul maar mager als een zwerfkat. Paul legt zijn handen plat op het tafeltje en leunt achterover. De magere man trekt half één wenkbrauw op.

'Ongelukje op mijn werk,' antwoordt Paul. Zijn vriend zet een biertje op de tafel en bekijkt de bloeduitstorting. 'Krijg je daar vrij voor?'

'Nee,' zegt Paul. 'Het is maar een schrammetje. En het is trouwens zwart werk.'

'Balen.'

'Ja.'

De magere man blijft naar Lew staan kijken.

'Dit is Lew,' zegt Paul.

'Jim,' zegt de magere man en hij steekt zijn hand uit. Zonder dat hij erop was voorbereid wordt Lews hand moeiteloos vermorzeld. Hij probeert zich groot te houden.

'Lew is de broer van Sha.'

'Ja? Hoe is het met Sha?'

'Goed.'

Jim wacht even. 'Zeg, Paul...' Hij kijkt naar Lew. 'Er doet een verhaal de ronde.' Hij blijft daar staan met zijn ene hand op de rugleuning van de stoel.

'Ga zitten,' zegt Paul. 'Lew is oké.'

Jim knikt, doet een stap opzij en trekt de stoel achteruit.

'Waarover gaat het?'

'Pierce,' zegt Jim, en hij gaat zitten.

'Wat is er met hem?'

'Er doet een verhaal de ronde. Ik hoorde het gisteravond in The Imperial.'

'Wat voor verhaal?'

'Nou... ik weet niet of je het weet, maar Pierce is een tijdje terug in elkaar geslagen. Ik weet niet precies wanneer. Hij kwam in het ziekenhuis terecht.'

Paul vertrekt geen spier. 'En?'

'Nou, sommigen zeggen dat jij dat hebt gedaan.'

Paul knikt alleen. Lew kijkt weer naar Pauls handen. Hij heeft ze nog steeds plat op het tafeltje. Zijn vingers zijn zo dik dat ze bijna kort lijken. Ze lijken op de vingers van zijn vader.

Jim wendt zijn blik af van Pauls gezicht. 'Pierce zal me een rotzorg zijn. Je zult heus wel een goede reden hebben gehad en je hoeft mij niet te vertellen wat die was.'

'Ik heb niet gezegd dat ik het heb gedaan.'

Jim haalt zijn schouders op. 'Je lijkt niet verbaasd.'

Paul glimlacht. Bij de pooltafel klinkt een pieper.

'Oké, laten we gaan,' schreeuwt de zwarte man.

'Hé! En het spelletje dan? Waarom zo'n haast?'

'Kom nou mee, man.'

'Niet te geloven, alleen omdat hij dubbel en dwars de boot in gaat, heeft meneer een keer haast... Hé, waar ga je heen? Ze wachten heus wel.'

De zwarte man is naar de deur gelopen.

'Shit!' De baard kijkt om zich heen. 'Hé, Jim!'

'Ja?'

'We zijn over twintig minuten terug, zorg dat niemand de tafel aanraakt, wil je?'

Jim en Paul lachen.

'Wat was dat nou?' vraagt Lew.

'Die zijn van het ziekenhuis om de hoek,' zegt Paul. 'Ze werken in het mortuarium.'

'De koelzaal,' legt Jim uit. Lew kijkt niet-begrijpend.

'Waar ze de lijken bewaren.'

'Ja?'

'Ja, maar de enige keer dat ze echt wat moeten doen is als iemand de pijp uitgaat.'

'Tenminste, dat is de enige keer dat ze iets moeten doen wat niemand anders doet.'

'Dus ze zitten de hele dag in de kroeg?'

'Precies.'

Lew fronst en glimlacht en knikt. 'En nu zijn ze iemand aan het ophalen die dood is.' Met een mengeling van walging en bewondering kijkt hij naar de verlaten pooltafel. Paul draait zich weer naar Jim. 'Kwam je me dat vertellen?'

Jim schudt zijn hoofd. 'Eigenlijk niet. Het gaat er meer om dat hij weer uit het ziekenhuis is.'

'Ja?'

'Hij heeft een heleboel over jou gevraagd en over je zakelijke belangen.'

Paul leunt achterover. 'Lew, wil je me een lol doen?' Hij steekt zijn hand in zijn zak en haalt hem er vol kleingeld weer uit. 'Een stukje verderop is een winkel, vlak voor de hoek. Wil je daar even een pakje Camel voor me halen? Een soft pack.'

Lew laat de rest van zijn bier en Sha's jas achter. Het is maar een stukje verderop. Hij laat het geld in zijn hand op en neer gaan. Net als hij de kroegdeur wil openduwen, blijft hij staan nadenken en bekijkt de sigarettenautomaat. Slim bedacht!

Als hij terugkomt met de sigaretten in zijn hand, houdt Paul op met wat hij aan het zeggen was en kijkt naar hem op. 'Dat doe je snel, Lew.'

'Ze hebben soft packs in de...' Hij krijgt het door en wordt zo rood als een apenkont. 'Wil je dat ik...'

'Ga maar zitten.' Paul draait zich weer naar Jim. 'Bedankt dat je het bent komen zeggen.'

'Niks aan de hand,' zegt Jim en hij drinkt zijn bier op. 'Hou je haaks.'

Lew pakt zijn biertje en zet het weer terug zonder ervan te drinken. Hij kijkt naar de tabak en denkt erover nog een sjekkie te draaien. Een man en een vrouw komen binnen, lopen de kroeg door en verdwijnen in de lounge.

'Het past allemaal in elkaar,' zegt Paul plotseling. Lew kijkt weer naar hem. Hij zit nog steeds naar het tafeltje te kijken. Lew denkt erover hem te vragen wat er in elkaar past, maar hij leek meer in zichzelf te praten dan tegen iemand anders.

'Het is één grote klerezooi!' Hij kijkt op en staart Lew aan. 'Dat gedoe met Pierce, en Sha en Skip die zoek zijn, en de problemen die ik had met Sha. Het is één grote pechzooi.' Hij pakt zijn bier en drinkt het in één teug op. 'Ga je mee?'

Lew knikt, wil vragen 'Waarheen?' en probeert ook in één keer zijn bier op te drinken. Paul trekt zijn jas al aan. Lew kantelt het glas te snel achterover en giet bier over zijn bovenlip. Hij leegt het glas met zijn tweede teug en veegt met de rug van zijn hand zijn gezicht af. Paul heeft de rits van zijn slobberige legerdumpjas al dicht. Op de schouder zit een veeg cementstof en op de mouw een donkerbruine vlek. Lew kwakt zijn glas neer, staat op en grijpt Sha's jas.

'Heb je die brief daarin gevonden?'

'Waarin?'

'In Sha's jas.'

'Nee, dat zei ik toch, op het boekenrek.'

'O ja, dat is waar.'

Lew klopt op zijn zak. Hij is zijn shag vergeten. Hij loopt twee stappen terug om die te pakken, maar Paul heeft niets in de gaten en blijft niet wachten, en tegen de tijd dat Lew zich heeft omgedraaid, de shag heeft gepakt en hem naar buiten is gevolgd, is hij al halverwege de straat. Lew rent om hem in te halen en past dan zijn tempo aan om gelijk met hem op te lopen.

'Pierce!' Paul spuugt de naam uit. 'Dat stuk ongeluk. Ik wou dat ik nooit van die teringlijer had gehoord.' Hij draait zich naar Lew en weer terug, kijkt recht voor zich uit en blijft lopen. Hij stopt zijn handen in zijn zakken. In zijn kaak trekt een spiertje. Hij concentreert zich en fronst. 'Een week of zes geleden waren Sha en ik op stap met een paar andere mensen, gewoon vrienden, niks bijzonders. We zaten in de kroeg en hadden lol en Pierce was er ook, hij zat aan de bar met een paar maten van hem. Hij wist waarschijnlijk niet eens dat Sha en ik met elkaar waren. In het begin tenminste. Je weet hoe dat gaat.'

Lew knikt. Paul kijkt hem niet aan. 'We zaten met een stuk of zes andere mensen allemaal door elkaar heen om de tafel. Sha is niet een type dat aan je schouder gaat hangen of dat soort dingen. Niet dat ze koel is of zoiets, ze houdt het gewoon privé. Pierce is een eikel, maar ik geloof niet dat hij mot met me zocht.' Hij kijkt Lew aan alsof hij wil controleren of Lew zoiets ook niet denkt.

'Wat er gebeurde, was dat hij Sha begon lastig te vallen. Elke keer als ze naar de bar ging voor drank of pinda's of als ze ging pissen of zo, kwam hij weer aanzetten... Pierce is iemand die zichzelf als een lot uit de loterij ziet... Als een meid niet voor hem in de rij gaat staan, dan is het omdat ze doet alsof ze niet met één vinger te lijmen is... Hij had hem ook behoorlijk om. Toen hij en zijn maten doorhadden dat ik met Sha was en niks deed, gingen ze er nog harder tegenaan... Sha snapt dat soort gezeik niet. Die denkt: Rot op, lul, en gaat in plaats van niet meer langs hem te lopen twee keer zo vaak naar de plee, alleen maar om te bewijzen dat hij lucht voor haar is of dat ze hem wel aankan of zoiets... God weet wat... Voor iemand als Pierce betekent dat alleen maar dat ze hem aanmoedigt.' Paul blijft doorlopen en zegt even niets. Lew loopt gelijk met hem op en hij moet uitwijken en schuifelen om niet tegen hem op te botsen als Paul onverwachte hoeken omslaat.

'Ik werd steeds pissiger, en Sha wist dat, maar toen werd zij daar pissig om en zei me dat ik me er niet mee moest bemoeien, ze kon het zelf wel af, maar het punt was dat het daar al te laat voor was.

Ik had het idee dat ik ofwel naar hem toe moest gaan om hem op zijn bek te slaan, ofwel hem moest laten afdruipen, voor het oog van zijn maten en iedereen.' Hij haalt zijn schouders op. 'Je kan het stom machogedoe vinden maar zo werkt het nou eenmaal... "Het is mijn zaak," zei Sha... En even later, toen ze besloot dat ze naar de sigarettenautomaat moest, stond ik zonder haar wat te zeggen op en volgde haar op een paar passen afstand, en als Pierce toen wat gezegd zou hebben, zou hij horizontaal van die kruk gelazerd zijn... Maar die laffe klootzak hield zijn grote bek dicht.' Paul trekt de Camels uit zijn zak, scheurt het pakje open, stopt er een in zijn mond en blijft staan om hem aan te steken. Hij geeft het pakje aan Lew en loopt door. 'Dus toen ik bij Sha kwam bij de sigarettenautomaat, was ze pisnijdig en begon me uit te kafferen. "Waarom loop je verdomme zo achter mijn kont aan, je bent alleen maar op mot uit," dat soort gelul. We ruzieden er even over door, maar toen had ik het wel gehad dus ik zei tegen haar: "Goed. Dan zoek je het zelf maar uit," en ik liep weg...' Hij neemt een lange haal van zijn sigaret. 'Stomme klootzak.'

Hij gooit de sigaret een paar meter voor zich uit op het trottoir en trapt erop zonder zijn pas te veranderen. 'Pierce zal wel bij zichzelf gedacht hebben: Mooi, ze heeft hem afgezeken, ik zit goed. Misschien viel hij haar zelfs niet meer lastig... Maar goed, ik wou eerst ergens anders wat gaan drinken, maar toen ik weer een beetje gekalmeerd was, begon ik na te denken en dacht dat ze misschien wel problemen zou krijgen. Dus ik ging terug. Het was toch nog maar een halfuur voor sluitingstijd, dus ik wist dat ik niet lang zou hoeven wachten.

Ik stond buiten en het was nogal koud, en ik begon te bedenken dat Sha gelijk had en dat ik van een scheet een donderslag maakte en dat soort gelul. Toen bedacht ik dat ik misschien maar naar huis moest gaan, maar ik besloot te blijven wachten om te zien of we erover konden praten en het goed konden maken en zo, en toen kwam ze naar buiten met Pierce achter zich aan... Kut! Ik kon het niet geloven. Alsof ik een trap in mijn buik kreeg.' Paul aarzelt. 'Het zag eruit alsof ze samen naar buiten kwamen.' Het spiertje in zijn kaak trekt weer. 'Maar toen begon Sha weg te lopen, en Pierce floot, en ik zag gewoon aan hoe ze deed dat ze niet eens in de gaten had dat hij daar was. Hij was achter haar aan naar buiten geslopen. Het scheelde op dat moment niks of ik was naar hem toe gegaan en had hem in elkaar geramd, maar ik dacht op de een of andere manier: Nee. Je haalt je alleen maar problemen op de hals, ze redt zich wel.' Hij slaat linksaf een straat in en Lew mist een paar woorden terwijl hij in een wijde boog meeholt om hem bij te houden. Zo te zien is hij op weg naar huis.

'"Ik wou alleen met je praten," zei hij. Ze wisten niet dat ik er was en het zal wel vlak voor sluitingstijd zijn geweest, want er was niemand anders in de buurt. Sha maakte hem duidelijk dat ze niet met hem wou praten en toen liep ze weg, maar hij volgde haar... Ze liepen mijn kant op maar ze hadden me nog steeds niet gezien. Niet dat ik me verstopte of zo. Ik stond daar gewoon bij de muur, maar het was donker... En toen greep hij haar. Ze duwde hem weg en hij greep haar opnieuw, en hard ook, alsof het hem menens was, en toen vloog ik op hem af.'

Hij knipt met een nagel hard tegen zijn pakje sigaretten en trekt er weer een uit. 'Oké, eerlijk is eerlijk.' Hij wuift eventuele kritiek weg. 'Ik wou hem flink voor zijn kloten geven, maar ik probeerde me in te houden... Ik kwam gewoon aanrennen, ontweek Sha en smakte hem tegen de muur van de kroeg. Gewoon een lange blinde muur aan de zijkant van de kroeg. Dus Pierce stuiterde tegen de muur en ik stond op het punt om hem tegen de grond te slaan, maar deed het niet, en hij keek me aan als een slang, en toen gilde Sha "Paul!" tegen me en ze greep mijn arm. Ik duwde haar met één hand achteruit om haar erbuiten te houden en toen gaf Pierce me godverdomme een opdoffer. Recht in mijn gezicht. Ik ging hem te lijf.

Wat had ze dan verwacht? Wat had ik dan moeten doen? Het kwam gewoon doordat hij niet tegen de grond ging, meer niet. Dat was de reden. Ik bedoel, de eerste weerde hij af, maar de tweede, de echte, kwam goed aan, en toen was het afgelopen, maar ik bedoel, hoe kon ik dat nou weten? Wist ik veel dat hij vastzat aan die muur? Er zat een soort richel in de muur, en daar was hij op gekwakt, alsof hij erop zat, en hij bleef daar maar hangen als een boksbal. Het was gewoon stomme pech, maar hij was begonnen. Ik bedoel, ik heb hem niet in elkaar geramd met een eind hout of zijn kop ingeschopt...'

Hij glimlacht. 'Maar hij zal wel hebben verrekt van de pijn, want ik heb mijn knokkels behoorlijk opengehaald en er was een muur achter hem dus...'

Hij loopt door en zegt verder niets meer. Ze zijn bijna bij Willoughby Road.

'Heb je het koud?'

Lew fronst bij het horen van de vraag en schudt nee.

'Mooi,' zegt Paul. 'Laten we dan hier even gaan zitten.' Hij loopt een paar stappen terug naar een bushokje. 'Ga zitten,' zegt hij en hij gebaart met zijn hoofd naar het bankje. Lew fronst opnieuw maar doet wat hem gezegd wordt.

'Maar wat heeft dat met Sha en Skip te maken, en wat is er nu aan de hand?'

Het duurt even voordat Paul antwoord geeft, alsof hij door zijn woorden heen is. 'Dat was het probleem dat Sha had, ons probleem. Ze kon er niet tegen om mij Pierce in elkaar te zien slaan.'

'Maar hij was begonnen.'

'Maar ik maakte het af.'

Lew snapt het niet.

'Het maakte haar bang. Ze voelde zich niet meer op haar gemak.'

'Maar dat is niet eerlijk. Jij hebt haar gered. Het was zijn schuld.'

Paul trekt aan zijn sigaret. 'Zo was het nu eenmaal. Het doet er niet toe of het eerlijk is of niet. Sha vond het ook niet eerlijk. Maar ze wist er geen weg mee. Ze zei dat het haar aan haar vader herinnerde. En andere dingen.' Hij kijkt Lew aan. 'Ze flipte.'

Lew trekt nog diepere rimpels in zijn voorhoofd dan ooit tevoren. Hij probeert zich voor te stellen dat zijn vader zoiets zou doen. Het lukt hem niet. Een schop, een boze klap of, toen hij klein was, een koelbloedig pak voor zijn billen met de riem, maar niet zoiets. Hij kijkt weer naar Paul. Het is moeilijk. Het is moeilijk te snappen. 'Maar wat heeft dat hiermee te maken? Met dat ze weg zijn?'

'Nou, het betekent in de eerste plaats dat ik er niet bij was, zodat ik niet weet wat er gebeurd is of waar ze zijn.'

‘Maar je zei dat ze aan de kust waren.’

Paul haalt zijn schouders op. ‘Ik zei dat ze waarschijnlijk naar de kust waren gegaan, maar het punt is dat ik het niet weet, en dat heeft er als eerste mee te maken.’

‘En wat als tweede?’

‘Daar ga ik achter zien te komen.’

‘Maar wat zijn we nu aan het doen? Wat doen we hier?’

‘Wil je helpen?’

Lew doet zijn mond open om ‘Waarmee?’ te vragen, maar hij bedenkt zich en knikt alleen.

‘Goed, je weet wat mijn huis is.... Loop erheen, bel aan en vraag Greg of ik er ben en of hij weet waar ik dan wél ben.’

‘Maar je bent hier.’

‘Dat weet ik ook wel!’ Paul schudt zijn hoofd. ‘Ga het nou maar vragen, om te zien of iemand me opwacht, oké? En kijk in de auto’s die in de straat geparkeerd staan. Of daar iemand in zit.’

Lew knikt. Paul steekt een vinger op. ‘Maar probeer niet de eikel uit te hangen.’

Lew krijgt een kleur.

‘Het is geen film of zoiets. Loop er nou maar gewoon naar toe, vraag het aan Greggy en kijk over zijn schouder om te zien wie er is. Daarna neem je de lange weg terug, om het blok heen, zodat je in de auto’s kunt kijken die aan weerskanten van het huis geparkeerd staan. En aan beide kanten van de straat. En zeg niemand waar ik ben.’

Tegen de tijd dat Lew terugkomt bij het bushokje, is Paul verdwenen. Lew vloekt en kijkt om zich heen, terwijl hij zich afvraagt wat hij moet doen en het gevoel heeft dat hij in de maling is genomen.

‘Hou je gemak,’ zegt Paul, die te voorschijn komt uit de schaduw van een muur.

'Was Greg er?
Niemand in een auto?
En de deur was oké, niet beschadigd, versplinterd of zoiets?
Mooi.' Hij klopt Lew op zijn schouder. 'Ga zitten en rook een sigaret, ik ben zo terug.'

En dat is hij, met schone kleren aan. Zijn spijkerjack is van voren half dichtgeknoopt en puilt uit boven zijn middel. Zodra hij bij Lew is, steekt hij zijn hand erin en trekt er een pakje uit dat in een blauwe plastic zak is gewikkeld. Het is iets kleiner dan een halve baksteen.

'Stop dit in je binnenzak.'

Lew aarzelt. 'Wat is het?'

'Niet iets om mee te klooien.'

Lew pakt het aan. Het is zwaar. 'Wat is het?'

'Iets wat het huis uit moet. We brengen het naar Sha.'

'Maar waarom?'

'Snap je het niet? Pierce zit achter me aan. Ik moet op mijn tellen passen. Tien tegen een dat hij als eerste de politie tipt.'

'Maar wat moet ik ermee?'

'Stop het om te beginnen eens in je zak, verdomme... Mooi. Goed, luister, ze moeten mij hebben dus ze letten niet op jou. Snap je?'

'En Sha dan?'

'Sha vind het niet erg.'

Paul laat Lew de plek in de hoek achter Sha's voordeur zien waar het rozenbehang los over een gat in de muur hangt. 'Zo, Lew,' zegt hij. 'Je hoeft je nergens druk over te maken, hou gewoon je gemak en alles komt in orde. Ik ga kijken of ik Shirley kan vinden om te horen waar Sha is. Jij zorgt voor mijn pakje, ik zorg voor Sha.'

Lew kijkt bezorgd naar de schuilplaats. Hij is bang. Het gaat hem boven zijn pet. Paul glimlacht naar hem en pakt hem bij zijn schouder. ‘Het is alleen maar een beetje hasj. Als je wil, pak je maar wat te roken.’ Hij houdt zijn duim en wijsvinger dicht bij elkaar om hem te laten zien hoeveel hij mag nemen. ‘Ik reken op je, Lew.’ Hij knipoogt. ‘Zie je morgen.’

Lew prikt in het laatste twee derde van zijn zoetzure varkensvlees met rijst en harkt het over zijn bord. Hij heeft ervoor betaald, dus hij zal het opeten ook. Daar is hij zeker van. Iemand vertrekt met een afhaalbestelling en laat de deur open zodat er een gemene tocht binnenkomt. Lew staat op en doet hem dicht. Er eet niemand anders in de zaak zelf en het personeel komt alleen de keuken uit als er een klant is. Hij denkt erover dichter bij de butagaskachel te gaan zitten maar die stinkt zo al erg genoeg.

Hij haalt de twee brieven te voorschijn die hij thuis heeft geschreven en teruggevonden bij Sha: die waarmee hij een wedstrijdje heeft gedaan en de brief die op hem lag te wachten. Hij is nog maar een paar dagen weg, maar het voelt al alsof iemand anders ze heeft geschreven. Er is te veel gebeurd.

Hij opent de eerste en kijkt naar de foto die hij uit zijn moeders fotoblik heeft gejat. Een klein jongetje staat voor een blinde muur. Hij knijpt zijn ogen toe tegen de zon, maar zijn toegeknepen ogen hebben iets gekwetsts. Alsof hij moet huilen.

Lew stopt de foto weg en heeft ook het gevoel dat hij moet huilen. In plaats daarvan propt hij een stuk varkensvlees en een vork rijst naar binnen. Sha zal ook wel foto's hebben, denkt hij. Hij is zo stom dat hij niet eens de flat heeft doorzocht. Dan had hij het adres van dat huis aan de kust kunnen vinden of god weet wat. Hij harpoeneert een klonter rijst, steekt hem in zijn mond en slikt hem in één keer door.

Lieve Sha,

Ik hoop dat het goed met je gaat en ook met Skip. Alles is hier hetzelfde alleen erger. Ik ben doodziek van pa en ma. Je zal niet willen geloven wat er is gebeurd. Ma was op mijn kamer en begon rond te snuffelen zoals ze altijd doet en begon een van mijn boeken van school te lezen, Zonen en minnaars. *Ik had het niet verstopt omdat ik nooit op het idee was gekomen dat dat nodig zou zijn, ik weet niet wat ze precies gevonden heeft want ik heb het eerlijk gezegd zelf niet gelezen maar goed ik kwam thuis en ze begon tegen me van leer te trekken alsof ik een doos porno onder mijn kussen had. Het duurde even voor ik in de gaten kreeg waar ze het over had maar toen legde ik het uit en dat had ik beter niet kunnen doen want toen ging ze naar school om de leraar op te zoeken. (Die sukkel van een Challis) (Hij is te jong om er geweest te kunnen zijn toen jij er nog was.) Maar goed, ma gaat naar school en schopt herrie met die sukkel, die natuurlijk besluit dat hij 'de betrokken kwesties' voor de klas moet bespreken en mij voor de hele klas voor lul zet wat me niet echt veel kan schelen maar het is wel vervelend. Maar het ergste van alles was dat zo'n twee weken geleden toen ik er nog steeds slecht op stond en naar basketbal had moeten zijn mevrouw Simmonds me betrapte in het winkelcentrum met Billy en Slim en het meteen aan ma ging vertellen, 'en ik ben niet graag degene die het je moet vertellen maar hij had nog een sigaret in zijn mond ook...' Dus nou kan ik het helemaal wel schudden. Want weet je sinds ik laatst betrapt ben met jouw brieven was basketbal en basketbaltraining de enige keer dat ik weg mocht behalve naar de kerkgroep maar ik blijf liever thuis dan die zweterige O'Brien zijn arm om me heen te laten slaan en me te laten vragen hem al mijn problemen te vertellen...*

Hij verfrommelt de brief en rolt er een bal van samen met

zijn servet. Het is een stomme brief. Allemaal over mensen en plekken die nooit belangrijk zijn geweest en nu helemaal niets meer betekenen. Hij rolt het papier heen en weer tussen zijn handpalmen, maakt de prop steeds stijver. Dan ziet hij de mand, buigt zich achterover en gooit. Hij gooit te ver, maar de bal ketst tegen het witte formica van het buffet en schiet in de mand. Binnensmonds laat hij de toeschouwers juichen. Niet de worp die hij in gedachten had, maar wat maakt dat uit. Twee punten zijn twee punten.

De andere brief is een stuk korter.

Lieve Sha,

Er is iets vreselijks gebeurd. Meneer Case heeft een beroerte gehad. Eergisteren. Hij zakte gewoon in elkaar in de klas en ze zeggen dat het ernstig is en hij ligt op de intensive care. Ik heb geprobeerd hem op te zoeken maar hij is te ziek. Nu weet ik niet wat ik moet doen. Thuis vind ik het vreselijk en nu ik niet eens meer wat van jou kan horen wordt het erger dan ooit. Ik weet dat je eerder hebt gezegd dat het beter is als ik eerst mijn school afmaak maar tekenen is toch het enige dat ik leuk vind en ik ben nergens anders goed in en nu dat met Case en als ik hier blijf en jij moet verhuizen of zoiets dan kan je me niet eens schrijven...

Hij verfrommelt die ook en laat hem op het bord liggen bij de erwten en de taugé.

In de buurt van het station staan de vrouwen en meisjes op straat en kruipen de auto's voorbij, maar Lew schrikt er niet meer van. Met Sha's jas om zich heen voelt hij zich beschermd en onopvallend. Hij heeft al geleerd om niet de aandacht te trekken. Om uit zijn ooghoek te kijken en niet te reageren. Ook al zeggen ze iets of roepen ze hem na, ze menen het niet echt. Als hij niet reageert, vergeten ze hem en gebruiken dezelfde tekst tegen de volgende die langskomt.

Hij loopt de straat door alsof hij er al zijn hele leven woont. Hij draait zich niet om, krijgt geen kleur, geeft geen antwoord. Misschien hadden ze het tegen iemand achter hem.

Hij herinnert zich hoe hij de eerste keer deed. Dat zal wel door de spanning zijn gekomen. Hij kuiert, kijkt in etalages, ziet zijn spiegelbeeld naar hem gluren en staart net zo lang terug tot het daarmee ophoudt.

Voor de derde keer sinds hij Pauls hasj in bewaring heeft, maakt Lew het pakje open, maar dit keer gebruikt hij het broodmes van Sha om er een hoekje af te snijden. Hij kijkt aandachtig naar de papiertjes in het huishoudfolie. Dat moet LSD zijn. Dat kan niet anders.

Hij neemt een van de papiertjes en pakt het apart in. Eentje zal Paul er niet missen. Dat is hij hem trouwens wel verschuldigd vanwege zijn hulp. Voor niks gaat de zon op. Met die trip kan hij lachen als hij een dagje niets te doen heeft.

Nadat hij het pakje weer in het gat in de muur heeft gepropt, verhit hij de hasj in het kaarsvlammetje en kruimelt een randje in een joint.

Als hij zich op het kaarsvlammetje concentreert, verdwijnt de rest van de kamer in een pikzwart niets aan de rand van zijn blikveld. Hij haalt diep adem om zijn hoofd te luchten en blaast weer uit om zijn longen te luchten. Hij draait het uiteinde van de joint langzaam rond in de asbak totdat hij uitgaat en laat hem dan op de rand balanceren. Hij legt zijn handen op de tafel en staat voorzichtig op. Verplaatst zijn blik van het vlammetje naar de donkerste hoek van de kamer en ziet die langzaam oplichten. Daarna pakt hij de kaars en zet zich af tegen de tafel, zoals je je afzet tegen de rand van een zwembad. Hij drijft Sha's kamer door en in.

Als hij naar haar matras kijkt, herinnert hij zich iets wat hij vergeten was. Ze lag op zijn bed en vertelde hem iets. Een verhaal of een mop – iets. Hij lag ook op het bed, maar met zijn gezicht de andere kant op, met zijn voeten omhoog tegen de muur. Hij luisterde naar Sha en toen hoorde hij de stemmen van zijn vader en moeder. Zijn moeder kwam binnen en zei dat Sha naar haar kamer moest gaan.

'Waarom?' vroeg Sha, maar hun moeder zei alleen: 'Doe wat ik je zeg.'

Naderhand vertelde Sha hem dat ze niet meer in zijn kamer mocht komen. Toen hij vroeg waarom niet, zei ze alleen dat hij er niet over in moest zitten. Toen hij zei dat ze dan nog altijd in haar kamer konden zitten, glimlachte ze en woelde door zijn haar.

Hij kijkt haar slaapkamer rond. Het is er koud sinds de verwarming het niet meer doet. Waar was hij eigenlijk naar op zoek? Foto's? Er zijn vast wel wat foto's. De bovenste la van Sha's ladekast staat een stukje open. Hij trekt hem helemaal naar buiten en rommelt tussen het ondergoed en de T-shirts en sokken. Verder zit er niets in. De middelste la is gevuld met kleren van Skip en de onderste met spijkerbroeken en truien. In geen van alle zit iets interessants.

Hij schuift de deur van de kleerkast open. Veel kleren hangen er niet in, maar het onderste deel zit propvol rotzooi. Als hij er een badmintonracket uittrekt, stort een lawine zich uit over de vloer. Geen goed idee. Morgen. Met een beetje licht. Misschien vindt hij iets onderin.

Hij zet Sha's slaapkamerspiegel achter een kaars op de eettafel, spreidt er een vel computerpapier voor uit, legt Skips kleurkrijtjes op een rij rechts van het papier, opent zijn potloodetui en begint te tekenen. Hij was van plan de twee kaarsen te tekenen met de weerspiegelde achteraan en iets kleiner dan de echte, maar tegen de tijd dat hij klaar is met de eerste heeft hij geen zin meer in kaarsen tekenen. Hij blaast tegen de spiegel om een waas op het glas te krijgen, maar dat maakt het niet interessanter.

Hij buigt zich voorover tot zijn kin bijna de tafel raakt en bestudeert zijn spiegelbeeld. Op zoek naar een interessante hoek draait hij zijn gezicht naar links en naar rechts. Hij buigt zijn hoofd naar achter tot de kaars lange schaduwen omhoog werpt vanaf zijn kin, en begint te tekenen: een lelijke Lew naast de kaars op het papier.

'Shit!' Hij trekt een streep door de tekening.

Het is zijn vader. Zijn ogen zijn toegeknepen. Zijn hand is tot een vuist gebald. 'Kut.' Hij ademt uit, doet zijn ogen weer open en dwingt zichzelf zijn spiegelbeeld in de ogen te kijken. Zijn handen trillen. Hij lijkt niet echt op zijn vader. Alleen vanuit die hoek. Die ene hoek. Doordat het licht zijn voorhoofd hoog maakt en zijn ogen hol.

Hij voelt aan zijn wang en gaat met een vingertop over zijn lip. Als hij zijn vinger heel zachtjes beweegt, kan hij net de haartjes voelen die weer aangroeien na zijn laatste scheerbeurt. Hij zet de kaars opzij. Hij lijkt niet echt op zijn vader.

Hij steekt de joint aan, neemt een trek en dooft hem weer al draaiend tegen de rand van de asbak. Hij zou iets anders moeten tekenen. Maar wat?

Dat was er altijd zo leuk aan de tekenlessen op school – dat je kon tekenen zonder zelf te hoeven besluiten wat. Hij rommelt in Skips boeken en kiest er een uit met een mooi omslag: *De zwanen.* Zodra hij begint te lezen gaat hij helemaal op in het verhaal.

Het gaat over een jongetje dat alleen in een meer zwemt maar niet terug kan vanwege drie grote zwanen. Drie grote enge zwanen komen op hem af, en hij zit in de val en kan niet vluchten. Hij hangt aan een paal midden in het meer en weet niet wat hij doen moet.

Lew leest elk woord langzaam. De tekeningen zijn prachtig. Er is van alles af te lezen van het gezicht van het jongetje: trots, avontuurlijkheid, angst. En de zwanen komen dichterbij, steeds dichterbij.

'Het jongetje moest zwemmen. Er zat niets anders op. Hij moest zwemmen anders zou hij zinken. Daar bij die paal, zonder dat iemand het merkte.'

Als hij de laatste bladzij omslaat, voelt Lew zich zelf een kind met zijn wijd open ogen en ingehouden adem.

'Ja!' Het jongetje zet zich af tegen de paal en zwemt weg, recht tussen de zwanen door. Die mooie, doodenge zwanen. Lew juicht en lacht. Goed gedaan!

Hij steekt de joint weer aan en rookt hem op terwijl hij zijn eigen ingekleurde potloodversie maakt van het jongetje dat tussen de zwanen door zwemt.

Als Lew wakker wordt, weet hij niet waar hij is. Hij heeft zeker gedroomd dat hij thuis was want het eerste dat hij voelt, is dat hij verkeerd om ligt, met zijn verkeerde kant naar de kamer toe en de muur niet waar hij hoort. Zijn oriëntatiegevoel aarzelt en draait in zijn hoofd, als de laatste vlaag van een tekenfilmtornado, en draait ten slotte nog een keer zodat hij in Sha's woonkamer belandt.

Het is nog vroeg. Dat denkt hij tenminste. Het is moeilijk te zeggen. Hij leunt tegen de balkondeur en bestudeert de lucht. De wolken zijn zo dik en wazig dat de zon overal kan zijn. Maar hij is vroeg naar bed gegaan, dus zo laat kan het niet wezen.

Het is waarschijnlijk rond de tijd dat hij naar school had gemoeten, of er misschien al was geweest, zich voorbereidend op de dag die komen ging... Donderdag, eerste uur. Hij moet nadenken... Donderdag, eerste uur... wiskunde. Grappig. Dat hij dat niet meteen wist. Hij is het al vergeten, alsof hij het expres heeft verdrongen. Maar dat was ongeveer het enige op school dat hij onmiddellijk wist. Waar en wanneer.

Al haast voordat hij klaar is met kloppen doet Denise de deur open. 'Lew!' Op de vloer bij haar voeten heeft ze een tas en Tommy staat achter haar te dringen met zijn anorak al aan. Lew aarzelt. 'Je zei dat ik een keer moest langskomen.'

'Ja, dat is prima.' Denise ratelt de woorden af terwijl ze haar jas aantrekt. 'We gaan alleen net weg.'

'O.'

'We gaan naar het park.'

Lew doet een stap achteruit, alsof hij haar erlangs wil laten. Hij zuigt zijn onderlip tegen zijn tanden. Denise ritst haar jas dicht. Daarna blijft ze even naar hem staan kijken. 'Zin om mee te gaan?'

Lew grijnst, krijgt een kleur, houdt zich in. Hij kijkt naar de grond. 'Is dat oké?'

'Tuurlijk. Tommy zal het fijn vinden. Ja toch, Tommy?'

Op weg naar de bushalte laat Denise Tommy opschieten door er een spelletje van te maken. Ze houdt zijn hand vast en begint te huppelen, zodat hij moet rennen en springen om haar bij te houden. Lew loopt er twee passen achter, grijnzend en toekijkend. Denise zingt een soort huppelliedje en Tommy zorgt voor het refrein. Het is duidelijk een spelletje dat ze al eerder hebben gedaan.

'Waar gaan we heen?'

'Naar het park!'

'Wanneer gaan we?'

'Nu!'

'Hoe gaan we?'

'Met de bus!'

'Ja!' juicht Denise en dan ziet ze hun bus. 'Kom mee,' zegt ze, en ze grijpt Tommy beet en zwaait hem door de lucht. Lew sprint voor hen uit. Op het trottoir met zijn hand op de reling en een voet op de tree, heeft hij het gevoel dat hij de bus met alle macht tegenhoudt.

Als de bus snel een hoek omslaat, zwaait Lew mee en drukt met zijn rechterbeen tegen het linker van Denise. Hij schuift gauw weer weg, beschaamd alsof hij het expres heeft gedaan. Maar Denise lijkt het niet te hebben gemerkt. Of misschien vindt ze het niet erg. Misschien moet hij het weer doen. Hij wordt nog roder en kijkt uit het raam naar de stoet winkels.

Tijdens de rit via onbekende straten en wegen concentreert Lew zich op Tommy en laat hem een zogenaamde goocheltruc zien met een munt in één hand. 'Waar is de munt?' Hij slaat zijn vuisten tegen elkaar, eerst zo, dan zo, dan nog anders. Draait ze om elkaar heen, de ene kant op en terug. Hij steekt twee vuisten uit. 'Waar is hij?'

Tommy trekt zijn gericht in rimpels en concentreert zich voordat hij met een priemend vingertje wijst. 'Die!'

'Zeker weten? Zeker weten?'

'Nee! Die!'

'Mis!' Lew opent zijn lege rechterhand.

'Die, die!' roept Tommy, terwijl hij zijn linker pakt, de vingers open wrikt, de munt pakt en hem in zijn zak steekt.

'Hé!' zegt Lew.

'Volgende halte,' zegt Denise.

Ze kunnen het park al zien aan het eind van de straat, maar Tommy vindt het nog te ver. Hij hupt van zijn ene voet op de andere totdat ze hem inhalen en rent dan weer vooruit. Het laatste huis voor het park is enorm en heeft een gazon zo vlak als water. Twee bomen in het midden zijn zo gesnoeid dat ze op bomen lijken zoals kinderen ze tekenen – groene bollen op bruine stokken. Lew wil ze aan Tommy laten zien, maar Tommy staat al bij het smeedijzeren hek waardoor je het park binnengaat.

'Ga maar!' roept Denise.

Als ze knikt en met beide handen zwaait om het te bevestigen, draait Tommy zich snel om en rent weg. Ze glimlacht.

'Het was aardig van je om me mee te vragen.'

'Wat?' Denise draait zich naar Lew en kijkt hem aan.

'Ik zei dat het aardig van je was om te vragen of ik meeging.'

Ze haalt haar schouders op en lacht. 'Ach wat. Dat stelt niks voor. Heb ik ook eens gezelschap.'

Tommy heeft zich achter een boom verstopt. Dat wil zeggen, hij denkt dat hij zich achter een boom heeft verstopt. Gezien vanuit de richting vanwaar ze komen, staat hij naast een boom met zijn gezicht ertegenaan gedrukt, zijn handen voor zijn gezicht en de boom tussen hemzelf en het pad. Denise en Lew glimlachen tegen elkaar. Lew loopt op zijn tenen het pad af om Tommy van achteren te besluipen, maar Denise schudt haar hoofd.

'Boe!' roept Tommy terwijl hij achter hen te voorschijn springt. Als ze er bijna in blijven van de schrik, begint hij triomfantelijk te gillen en in het rond te dansen.

Het park wemelt van de kronkelpaden en verborgen bruggetjes, heuvels en beekjes, maar Tommy leidt hen regelrecht naar de speelplaats. Denise loopt in de richting van de bank. Tommy kijkt hoopvol naar Lew.

'Nee,' zegt Denise. 'Ga zelf maar spelen. Vooruit, ga maar met de andere kinderen spelen.'

Tommy blijft staan pruilen en Lew kijkt naar Denise.

'Je mag best met hem gaan spelen als je wil,' zegt Denise. 'Ik wil alleen niet dat hij doet alsof je speelgoed bent.'

Lew geeft Tommy een knikje om hem duidelijk te maken dat hij zelf maar moet gaan spelen. Hij klopt op zijn zakken en vindt zijn sigaretten.

'Nee, dank je,' zegt Denise. 'Ik rook niet.'

Lew stopt er een in zijn mond en buigt zijn hand eromheen om hem aan te steken. Tommy is halverwege de top van het speelkasteel en stopt om te zien of ze wel kijken.

'Is dat ding niet een beetje gevaarlijk?'

'Neuh,' zegt Denise, 'hij is niet zo'n lefgozertje. Hij klimt nooit ergens op dat hij niet aan kan.' Ze glimlacht. 'Nu is hij uren zoet,' zegt ze op een wat treurige toon. 'Tenzij hij valt en zijn knie openhaalt, of een ander kind hem een stomp geeft, of hij een klap tegen zijn hoofd krijgt van een schommel.'

Lew neemt een trekje van zijn sigaret. Denise zit voorover met haar ellebogen op haar knieën en kijkt naar de plek waar Tommy weer te voorschijn moet komen. Lew neemt nog een trekje, maar het smaakt hem niet. In de frisse lucht, in zijn eentje. Hij probeert het nog eens, drukt hem dan uit en gooit de peuk naar de vuilnisbak. Staat op, loopt erheen, raapt hem op en gooit hem erin.

'Hoe oud ben jij, Lew?' vraagt Denise en ze glimlacht om zijn vijftien. Ze draait zich naar hem toe. 'Hoe oud denk je dat ik ben?'

Hij kijkt aandachtig naar haar gezicht en probeert het te schatten. Ze neemt een pose aan en toont hem haar profiel, maar hij ummt en ehht alleen maar. Hij denkt drie- of vierentwintig maar weet niet of hij jonger moet zeggen, of misschien wel ouder.

Ze zegt het hem voor hij eruit is. 'Vijfentwintig. Niet te geloven. En hij is bijna vier... Ik weet nog dat toen ik vijftien was, ik dacht dat het met vijfentwintig wel zo'n beetje gedaan was. Als je vijfentwintig bent, moet alles wel zo'n beetje uitgezocht en geregeld zijn en ben je net iemands vader of moeder.' Ze glimlacht. Een vreemd glimlachje, met de ene kant van haar mond een beetje hoger dan de andere. 'En dat ben ik ook.' Een lachje proest uit haar neus. Lew vraagt zich af of ze van streek is en wat hij moet doen als ze dat is.

'Alleen is het niet zoals ik dacht, ik dacht dat vaders en moeders iets wisten wat ik niet wist, of in elk geval dat ze zeker van hun zaak waren. Ik bedoel, ik wist dat ze niet altijd gelijk hadden, maar ik dacht, ook al hebben ze ongelijk, ze zijn altijd zeker van hun zaak.' Ze kijkt Lew aan en dan, alsof ze zijn gedachten leest, ontspant ze en grijnst. 'Wees maar niet bang! Ik ga heus niet zwaar op de hand worden.'

'Wat deed je, Lew, voordat je hier kwam?'

'Ik zat op school.'

'Ja, maar wat deed je? Wat voor dingen?'

Hij snapt niet goed wat ze bedoelt. Maar ze kijkt hem ernstig aan en wacht op een antwoord.

'Ik volgde de lessen.'

'De hele tijd?'

'De meeste tijd. Je kon niet anders. Als je te vaak niet kwam opdagen, merkten ze het en schreven ze je ouders.'

'Maar je vond het niet leuk?'

Hij schudt zijn hoofd. 'Het is gewoon een stelletje eikels, leraren. Degenen die wij hadden.' Hij denkt aan Case die zich over zijn tafeltje boog en hem iets vroeg over de tekening die hij maakte. Iets vroeg omdat het hem echt interesseerde. 'De meesten waren er alleen maar op uit om leerlingen te kleineren en voor lul te zetten. Het kon ze niks schelen of je wat leerde en of je het snapte en zo... Ons kon het ook niks schelen, maar zij deden altijd alsof het hun wel kon schelen, en we moesten er zijn. Daar werden ze voor betaald.' Er schiet Lew iets te binnen en hij moet lachen. 'Een keer werd meneer Case, dat was mijn tekenleraar, kwaad en begon te schreeuwen dat iedereen zijn kop moest houden. Daarna, toen het stil was, zei hij: "Jullie hebben echt geen idee, hè?"' Lew schudt zijn hoofd en imiteert de sarcastische overdrijving van Case. '"Jullie snappen er ook helemaal niks van, hè? Míj kan het niets schelen dat jullie niets leren, de schóól kan het niets schelen dat jullie niets leren. Níemand kan het iets schelen dat jullie niets leren. Maar jullie moeten in elk geval dóén alsof jullie iets leren." Of iets dergelijks.'

'Zei hij dat in de klas?'

'Ja.'

'Hij klinkt niet als een eikel.'

'Alleen hij niet, hij was de enige. Voor de rest was het een schijnheilig zootje.'

'Maar als het die anderen niks kon schelen, waarom kon het ze dan wel schelen of je er was of niet?'

'Hoe bedoel je?'

Denise herhaalt haar vraag. 'Of je naar de les kwam of niet,' voegt ze eraan toe. Lew denkt even na. 'Dat was vanwege de kranten, want de school kreeg last omdat er onder schooltijd kinderen rondhingen en uit winkels jatten en zo, en ze schreven altijd in de krant wat een vreselijke school het was, en toen moesten ze gaan bijhouden wie er op school was en zo, en lijsten bijhouden zodat ze tegen de politie konden zeggen, als die opbelde, wie er niet was geweest en zo.'

'Dus zo heb je het geleerd?'

Lew kijkt naar het asfalt. 'Je moest wel,' zegt hij. 'Anders lachten de andere kinderen je uit. Maar ik heb het niet veel gedaan. En hier moest ik wel, want ik had niet genoeg geld.'

'Heb je daar vrienden?'

Lew haalt zijn schouders op.

'Een paar...' Maar dan ziet hij weer voor zich hoe Case op de brancard lag terwijl mevrouw Kenneally haar paraplu boven zijn hoofd hield. De hele klas was naar het raam gestroomd en Slim stond naast hem. 'Hij lijkt goddomme wel een gestrande walvis!' had Slim gezegd. De andere kinderen lachten, maar Lew had het gevoel dat hij moest overgeven. 'Niet echt. Ik ging wel met een paar jongens om, maar... Ik weet niet. Meer omdat je nou eenmaal met iemand moet omgaan dan omdat we vrienden waren... Ik mis ze niet. Ik mocht maar weinig weg en de meeste jongens zagen je alleen zitten als je tot laat wegbleef en naar feesten ging en zo.'

'Lieten ze je helemaal niet weggaan?'

Hij schudt zijn hoofd. 'Ik ging alleen naar dingen die ze oké vonden, zoals sport of schoolexcursies, of werk of zo.' Hij grijnst. 'Ik zat in het basketbalteam maar wat ze niet wisten was dat ik en... die jongen met wie ik omging, Slim, de boel zo verklootten dat we uit het team werden gezet, maar dat zeiden we tegen niemand, en toen hoefden we niet meer te trainen en zo maar ik kon wel weg. Dan gingen we met een paar andere jongens naar wat vroeger een kippenfokkerij was op de heuvel en hingen daar rond. Soms regelde Slim wat hasj van zijn broer.' Lew kijkt naar Denises gezicht maar ze lijkt niet geschokt of onder de indruk. 'Hij heeft ook een keer een trip van hem geregeld en toen hebben we door de velden gelopen en in bomen geklommen en op muren gebalanceerd en over sloten gesprongen en zo. Het was allemaal alsof je het voor het eerst deed. Zelfs gewoon lopen. Toen ik de volgende morgen wakker werd, voelde ik me nog steeds maf.'

Denise glimlacht. 'Hadden je vader en moeder niks in de gaten?'

'Nee.' Lew zegt het uit zijn mondhoek. 'Ik moest alleen lang genoeg mijn gezicht in de plooi houden om te zeggen dat ik mijn huiswerk ging maken en naar mijn kamer te gaan en dat was alles.'

Denise knikt maar ze kijkt alsof ze aan iets heel anders denkt. 'Vind je dat lekker, drugs en zo?'

Lew weet niet wat hij moet zeggen. 'Het is wel lachen.'

'Voor mij niet,' zegt ze. Ze werpt een blik op Tommy die ergens een schep vandaan heeft gehaald en ijverig de zandbak probeert leeg te krijgen. 'Ik kan zelfs niet tegen een beetje stuff.' Ze houdt haar hand plat en beweegt hem snel van zich af als een voet die onder haar uit glijdt. 'Ik raak weg. Ik flip.

Ik ben niet zo stom om wat anders te proberen.'

Lew kijkt haar verbaasd aan, maar ze zegt er verder niets over.

'Had je een vriendinnetje?'

Lew schudt zijn hoofd en kijkt de andere kant op. Hij heeft het gevoel dat hij een kleur gaat krijgen. 'Dat, dat...' Hij stottert. Hij schraapt zijn keel. 'Dat kon niet. Ik mocht alleen weg als ik een excuus had.' Hij kijkt naar de grond. 'Als ik had geprobeerd om met een meisje naar de film of zoiets te gaan waren ze erachter gekomen.'

'Geeft niks.' Ze legt een hand op zijn schouder. 'Dat is niks om je voor te schamen. Je bent pas vijftien.' Ze knijpt geruststellend in zijn schouder. 'Ik kreeg mijn eerste echte vriendje pas op mijn achttiende.'

'Echt waar?'

'Nee, nou ja, ik was bijna achttien.'

'Goddank,' kreunt Denise als ze Tommy op de matras in Sha's woonkamer heeft gelegd. 'Hij wordt hier te zwaar voor.' Ze drukt haar handen in haar lendenen, buigt haar nek achterover en rolt met haar schouders. Door de beweging gaat haar jas open. Lew wendt snel zijn blik af van de borsten die de dunne stof van haar trui oprekken.

Ze gaat weer rechtop staan en kijkt de kamer rond. 'Beetje koud hier, vind je niet?'

'Hij ligt toch goed met die dekens over zich heen?' vraagt Lew en hij loopt door naar de keuken. 'Ik zal de oven aansteken.'

Denise doet het lichtknopje op en neer en probeer de leeslamp. 'Zijn jullie afgesloten?'

De oven begint te sissen en ploft aan.

'Een paar dagen terug. Paul heeft de rekeningen meegenomen en hij zei dat hij het wel zou regelen, maar er is nog steeds geen stroom.'

Denise geeft geen antwoord maar loopt weer naar Tommy, die slaapt als een roos en met zijn mond halfopen ligt te snurken. Ze draait hem op zijn zij, trekt de deken over zijn schouders en stopt zijn rug en benen in. 'Laten we een stukje gaan lopen.'

Lew fronst maar voordat hij kan vragen waarom of waarheen, is ze al verdwenen. Ze wacht hem beneden op. 'Heb je de sleutel?'

In plaats van rechtsaf te slaan naar de trap, neemt ze de andere kant van de overloop. Lew haalt haar in en loopt met haar mee. 'Waar ga je heen?'

Ze trekt haar wenkbrauwen op. 'Dat is een verrassing.'

De eerste flat die ze tegenkomen om de hoek van de overloop is afgesloten. Voor de ramen zitten dikke stalen spijlen die met bouten in de muur zijn verankerd en de ingang is onzichtbaar achter een enorme stalen deur. Op één piepklein sleutelgaatje na is de deur een glad, vlak, ondoordringbaar pantser. Denise wijst de kant op vanwaar ze gekomen zijn. 'Welk nummer heeft die flat daar?'

Lew loopt een paar passen terug om te kijken. 'Drieënvijftig.'

'Dan moet dit tweeënvijftig zijn.'

Zonder iets uit te leggen loopt ze verder.

Lew volgt haar naar beneden en de volgende overloop op, waar ze nog twee afgesloten flats vinden. Zesenveertig en vierenveertig. Daarna gaat ze naar de begane grond. 'Hmmm,' zegt ze en ze gaat hem voor naar de gang waardoor je op de binnenplaats komt. 'Hier is het!' Ze staat voor een grijsgroene metalen kast die in een nis tegen de muur is bevestigd.

De kast is zo gemaakt dat je hem met een hangslot kon afsluiten, maar de beugel is doorgezaagd en rechtgebogen en er is geen hangslot te zien. Denise zwaait de deur open. Het is een stoppenkast. Lew kijkt nerveus naar beide kanten, verwachtend dat Steve Stijf in de Broek elk moment kan komen opdagen. De ene kant van de kast bestaat uit schakelaars en extra grote stoppen, en aan de andere kant is een bord met rijen en kolommen stoppen in genummerde houders. Sommige plekken zijn leeg.

'Dat moet die van jullie zijn.' Denise wijst op een van de lege houders. 'Tweeënvijftig,' zegt ze, wijzend op een andere lege plek. Zesenveertig is ook leeg. 'Daar!' lacht ze. 'Vierenveertig.' Ze reikt omhoog om de stop eruit te trekken, maar ze is niet lang genoeg. 'Kan jij erbij?'

Als hij zich uitrekt, kan Lew er net bij. Maar dan verstijft hij.

'Wat is er?'

'Is het wel veilig?'

'Natuurlijk, het is een stop, hij is geïsoleerd. Trek hem er maar uit.'

Hij doet wat hem gezegd wordt. Een blauwe vonk flitst onder de stop vandaan.

'Steek hem er nu in.'

'Waar?'

'In die van jullie!'

'Maar het is te hoog.'

'Geef maar.' Ze pakt de stop. 'Oké, geef me een opstapje.'

Hij gaat met zijn rug tegen de muur staan en strengelt zijn vingers in elkaar. Ze legt een hand op zijn schouder en zet een voet in zijn handen. 'Een, twee, drie.'

Ze is zwaarder dan hij dacht. Ze plet hem tegen de muur maar hervindt haar evenwicht. Hij wiebelt en kan haar nauwelijks houden.

'Stilstaan!' Als hij eindelijk stilstaat, steekt ze de stop omhoog, duwt hem erin en springt soepel op de grond. Slaat de metalen deur dicht en loopt naar de trap. Lew loopt achter haar aan. 'Is dat alles?'

Ze knikt.

'En nu is er weer stroom?'

'Ja.'

'Gaat dat zo makkelijk?'

'Wel als je een stoppenkast op de gang hebt... Maar je moet er nog altijd voor betalen. Uiteindelijk.' Ze veegt een streep spinnenweb van haar handpalm. 'Op het eind komen ze erachter en als je niet betaald hebt, krijg je last. In de tussentijd...'

'En als hij is afgesloten?'

'Dan breek je hem open.'

Lew krijgt een kleur. Hij loopt een halve stap achter haar en neemt de trap met twee treden tegelijk, maar langzaam, om haar niet in te halen. 'En als geen van de lege flats een stop heeft?'

'Er staan in deze gebouwen waarschijnlijk tientallen flats leeg.'

'Maar wat doe je als geen daarvan er een heeft?'

'Dan zou je er een van de gewone flats kunnen nemen. Maar die kan je dan niet meteen in de jouwe steken, je moet wachten tot ze hem hebben vervangen. Tot degene die er woont heeft geklaagd en de elektriciteitsmaatschappij erbij heeft geroepen. Zodra die zijn geweest, kan je hem gebruiken.' Op de overloop laat ze hem voorgaan.

'Want anders weten ze wie het gedaan heeft?'

'Precies,' zegt Denise en ze loopt naar boven om bij Tommy te kijken.

Lew klopt op de radiator. Die is nog koud maar hij voelt dat de verwarming het doet omdat de buis warmer is dan de rest. Of verbeeldt hij het zich alleen maar? Hij laat zijn hand tussen buis en radiator heen en weer gaan, maar het is moeilijk te bepalen.

'Hoelang woont je zus hier?' vraagt Denise.

'Ongeveer een jaar. Ik weet het niet precies.'

Denise knikt. Ze laat haar vingers lichtjes over de muur gaan alsof ze iets kan aflezen aan het ongelijkmatige witte oppervlak. 'Het doet me denken aan mijn huis.'

'Maar bij jou is het echt gezellig.'

Ze lacht. 'Dank je... Maar dat was niet altijd zo... Zoiets kost tijd. Deze flats, er hangt altijd iets raars omheen, een raar soort gevoel... Het zijn niet altijd leuke dingen die er gebeuren en het is niet makkelijk om... om ze je toe te eigenen.' Ze kijkt om zich heen. Lew volgt haar blik en probeert erachter te komen waar ze precies naar kijkt. Het lukt hem niet.

'Toen ik in mijn flat kwam,' gaat ze verder, 'was het echt vreselijk. Het rook er vies. In de keuken stonk het echt. Eerst dacht ik dat luchten en schoonmaken en een paar stokjes wierook branden wel zou helpen, maar ik raakte die geur niet kwijt. Ik schrobde achter en onder de koelkast en keek onder het linoleum, maar ik vond nooit wat.' Ze kijkt naar Tommy. Hij zweet en zijn tere blonde haar is donker tegen zijn slapen en voorhoofd geplakt. Hij is nog helemaal toegedekt, maar toch buigt Denise zich over hem heen om zijn schouders goed in te stoppen.

'Ik hoorde van de buren dat het meisje dat er voor mij woonde zelfmoord had gepleegd. In de flat.' Ze kijkt weer naar Lew. 'Ik denk dat ze het me uit gemenigheid vertelden. Misschien hoopten ze dat ik het zelf ook zou gaan doen... Ze zeiden het in elk geval niet om me te helpen. Dat is wel zeker. Ze waren helemaal nooit behulpzaam... Maar het gekke is, het hielp wél. Mij hielp het. Ik was blij dat ik het wist. Ik geloof dat het altijd beter is om dingen te weten. Eve heette ze. Ze nam een overdosis. Op een dag dat haar kind bij zijn grootmoeder was. Als mensen een overdosis nemen, weet je meestal niet of ze het expres doen of niet, maar Eve liet een briefje achter.'

Lew herinnert zich dat hij in de krant las over een moeder die een overdosis had genomen en dat hij bang was geweest dat het Sha was. Hij denkt terug... Nee. Dat moet een ander geval zijn geweest. De krant schreef dat het kind erbij was, bij het lijk, twee dagen lang.

Denise kijkt naar Tommy en Lew denkt dat ze zich voorstelt dat hij zonder haar zou moeten. 'En?' vraagt hij. 'Wat gebeurde er toen?'

Eventjes staart ze hem alleen maar aan, alsof ze vergeten is waar ze het over had. Dan haalt ze haar schouders op. 'Niks. Ik probeerde niet langer iets onvindbaars weg te poetsen maar begon tegen haar te praten, tegen Eve. Als ik alleen thuis was. Het klinkt een beetje maf. Ik zeg niet dat ze er was of dat ze me kon horen of zoiets, maar het voelde gewoon goed, en ik ben het gewoon blijven doen tot ik me ook goed voelde zonder dat ik het deed, en toen ben ik ermee opgehouden.'

'En die stank?'

'Ik weet het niet, die is gewoon weggetrokken.'

Gebons op de deur.

Lew buigt zich over de gootsteen en gluurt omlaag door het raam. Het is Paul. De ketel begint te gillen dus zet hij het gas af en rent naar beneden om hem binnen te laten.

'Nee,' zegt Paul. 'Nog niet.'

'Heb je Sha's vriendin gevonden, Cheryl, of hoe ze ook heet?'

'Nog niet. Wees maar niet bang. Ik vind haar wel. Hoe is het?' Hij heeft zich niet geschoren sinds de laatste keer dat Lew hem zag en het verband bij zijn oog is grijs van het vuil, en zwart aan één loslatende rand. Een wolk zweet en sigarettenrook dringt achter hem aan naar binnen. 'Heb jij ook niks gehoord?'

Lew schudt zijn hoofd.

'Dit is een vriendin van me, Denise.'

Paul laat zich op de stoel ploffen waar Lew zat. Hij kijkt naar Denise, dan naar de slapende Tommy op de matras. 'Woon je in Riverside?'

'Hoe weet jij dat?'

Paul knikt naar Denises rugzak. 'Je adres staat op je rugzak.'

Denise fronst, kijkt automatisch omlaag, en weer omhoog naar Paul, nijdig.

'Nee, ik heb je daar gezien.' Hij grijnst. 'Ik heb er vrienden wonen.' Hij trekt zijn shag uit zijn achterzak. 'Zit je daar al lang?'

'Best wel. Waar wonen je vrienden?'

In de keuken kan Lew alleen het gemompel van Paul en het gelach van Denise horen. Plotseling denkt hij dat Paul niet wil dat hij het hoort, dat hij expres binnensmonds praat. Hij wacht niet tot de thee is getrokken, maar brengt de mokken met de theezakjes er nog in naar de woonkamer. Paul let totaal niet op hem maar gaat door met zijn verhaal alsof Lew er de hele tijd bij heeft gezeten.

'... en de politie maakt een U-bocht om te kijken wat ze doen, en het zat er dik in dat ze opgepakt zouden worden, dus Sue springt uit de auto en houdt ze aan. "Tjeempie hé, ik dacht dat de politie nooit kwam opdagen als je ze nodig had, maar jullie komen als geroepen. Hoe komen we bij de brug?"'

Denise lacht. 'Net wat voor Sue.'

Paul grijnst. 'Als het waar is wat Sue zegt, deed ze zo debiel dat die agenten het maar niet langer probeerden uit te leggen en de halve weg voor ze uit reden.'

Tommy mompelt iets en ze kijken alle drie naar hem. Even later is hij wakker en staart met wijd open ogen naar de kamer en Paul en Lew.

'Kom, Tommy.' Denise tilt hem snel op. 'Ik weet wat die blik betekent!'

Zodra Denise weg is, draait Paul zich naar Lew. 'Heb je mijn pakje nog?'

Lew knikt.

'Kan je het voor me halen?'

Tommy jengelt slaperig in de badkamer. Lew komt met het pakje terug in de woonkamer en Paul stopt het gauw onder zijn jas. Lew vraagt zich af of Paul hem echt vertrouwt of dat hij het naderhand gaat controleren.

'Hé, Lew, ik moet ervandoor om met Steve te praten. Ik wil dat je met me meegaat.'

Denise doet de deur open en blijft in de opening staan.

'We zijn zo terug,' zegt Paul. 'Denise kan hier wel wachten.'

'Nee,' zegt Denise. 'Ik moet eens naar huis.' Ze pakt haar spullen.

'Kom weer eens langs, Lew. Als je zin hebt om te kletsen.'

'Graag.'

'En leuk je ontmoet te hebben, Paul. Nou je weet wie ik ben, kan je me gedagzeggen als je me de volgende keer ziet.'

Paul grijnst. 'Zal ik doen.'

Paul heeft niet al te veel haast om de trap af te komen en Lew moet zijn aandrang bedwingen om eraf te rennen. 'Ik snap het niet. Waarom wil je dat ik meega?'

Paul kijkt hem met een ernstig gezicht aan. 'Hij ziet er misschien niet zo uit, maar Steve is geen lieverdje. Ik weet niet of ik hem in mijn eentje aankan. Ik bedoel,' hij pauzeert even, 'als het uit de hand loopt.'

Lew laat het op zich inwerken en knippert met zijn ogen. Hij stelt zich een razende Stijf in de Broek voor die Paul aanvalt terwijl hijzelf met open mond staat te kijken. Paul grijnst en geeft hem een daverende klap op zijn schouder. 'Geintje! We kunnen alleen niet zo goed met elkaar opschieten, hij en ik. Het is beter als jij er ook bij bent. Om te zorgen dat we het prettig houden.'

De bel van Steve heeft een melodietje: bing, bingedie bing bing, bing bing. Pauls gezicht betrekt. Zo te horen komt er binnen niemand in beweging. Paul roffelt op de deur en luistert. 'Hoor jij wat?'

Lew draait zijn hoofd een beetje. 'Weet ik niet... Misschien.'

Paul klopt harder. Binnen wordt met een deur geslagen en ze horen luider wordende voetstappen. Daarna gehoest vlak achter de deur. Steve heeft zijn trainingspak aan en hij ziet er niet al te best uit. Hij staat voorovergebogen en houdt zich vast aan het deurkozijn. Zijn haar is ongekamd en ongewassen en er zit te veel vet in.

'Paul,' zegt hij en hij kijkt niet erg blij. 'En de broer van Pauls vriendin.' Zijn hand gaat naar zijn voorhoofd en strijkt een paar dunne slierten haar achterover. 'Waarmee kan ik de heren van dienst zijn?'

'Sha zegt dat je nog geld van haar krijgt.'

'Wat? Zegt Sha dat?' Hij hoest vanonder uit zijn borst, slikt iets door en trekt een gezicht. 'Heeft ze soms te veel van die rare sigaretjes gerookt? Ze heeft me betaald toen haar cheque kwam.'

Paul stopt zijn portefeuille weer weg. Steve kijkt van Paul naar Lew. Lew gaat de data na en probeert na te denken.

'Wat is er aan de hand?' wil Steve weten.

'Heb je haar gezien?'

'Ik dacht dat jij haar vriendje was.'

Paul doet een halve stap in zijn richting. 'Zeg me alleen of je haar godverdomme gezien hebt of niet.'

Lew wordt stijf in zijn benen. Hij houdt zijn adem in. Steve gaat meer rechtop staan. Als hij bang is, laat hij het niet merken. 'Hoor eens, ik ben zo ziek als een hond en jullie halen me verdomme uit mijn nest. Hoe moet ik in vredesnaam weten waar ze uithangt? Ik heb haar in geen tijden gezien.'

'Wanneer voor het laatst?'

'Wat is er aan de hand?'

'Zeg me gewoon wanneer je haar voor het laatst hebt gezien.'

'Zitten jullie opeens bij de politie of zo?'

'Zeg op.'

Zonder dat hij precies weet waarom, kijkt Lew naar Pauls handen. Hij houdt ze allebei heel stil met de vingers licht gespreid. De aderen op de rug van zijn handen zijn donker en gezwollen. Paul staart Steve recht aan. Hij glimlacht. Het is geen vriendelijke glimlach. Steve kijkt van hem weg. 'Ongeveer een week geleden, oké? Ik weet het niet precies. Ze kwam langs, helemaal opgedoft en gehaast, en gaf me het geld. Nou goed?'

Paul ontspant, laat zijn ogen wegschieten van Steve en houdt op met glimlachen. Steve legt zijn hand op zijn deur.

'Oké, Lew, laten we gaan.'

'Paul,' roept Steve als ze een paar stappen verder zijn. Paul blijft staan en draait zich om.

'Ze zag er erg leuk uit, opgetut, alsof ze een afspraakje had. Met iemand op wie ze indruk wou maken.'

Paul kijkt hem kalm aan en beweegt zich niet, alsof hij de afstand schat.

'Ga niet te ver, Steve,' zegt hij rustig.

In het trappenhuis blijft hij staan. 'Klootzak, teringlijer.'

Lew kijkt hem raar aan. Paul slaat met de onderkant van zijn vuist tegen de muur. 'Je weet niet hoe hij is, Lew. Ik krijg hem nog wel. Zoals hij tegen Sha doet. Stuk verdriet.'

Lew probeert de frons van zijn gezicht te halen. 'Denk je dat hij iets weet?'

Paul schudt zijn hoofd. 'Ik weet het niet, ik denk van niet. Maar ik vertrouw die lul niet. Hij opent zijn vuist en slaat met zijn hand op zijn dij. 'Heb je een reservesleutel?'

Lew schudt zijn hoofd.

'Oké. Luister. Ik moet een paar dingen doen. Dingen die niet kunnen wachten. Maar daarna ga ik op zoek naar een paar mensen die wel iets zullen weten.' Hij klopt op zijn jack, boven het pakje hasj. 'Wees maar niet bang, we vinden ze wel. Slaap je vast?'

Lew fronst weer. Paul herhaalt zijn vraag.

'Niet zo erg.'

'Mooi. Misschien heb ik vannacht wel een plek nodig om te pitten, dus dan duik ik wel weer op. Dan laat je me binnen. Oké? Mooi. Tot kijk.'

Lew loopt Sha's woonkamer door en weer terug. Terwijl hij

naar het wegsterven van Pauls voetstappen op de trap luisterde, voelde hij ze in zich opzwellen en echo's uitlokken. Van gevoelens en ideeën die niet goed waren en zich alleen maar ophoopten.

Er is echt iets mis. Hij blijft heen en weer lopen. Hij is bij het balkon en draait zich om naar de keuken. Klotst heen en weer tussen de glazen wand van het balkon en de stenen wand van de keuken. Als water in een trog. Op niets af.

Paul is gek. Hij is zo maf als een deur. Hij vloog Steve zowat aan.

Steve. Paul heeft gelijk. Hij is niet te vertrouwen, dat zie je aan zijn ogen. Hij deugt niet. Hij heeft een rotte plek vanbinnen. Misschien heeft hij iets gedaan.

En dan Pierce. Wie is Pierce in godsnaam? Misschien is het wel waar. Misschien is Sha met Pierce weggegaan. Ze zou Steve hebben betaald toen ze de cheque kreeg. Hij steekt zijn hand uit naar de plank maar trekt hem weer terug. Het heeft geen zin om nog eens te kijken. De cheques! Hij weet wat ze zijn en wanneer ze zijn gekomen. En dat ze er nog steeds liggen, ongeïnd.

Ze zou op de cheques hebben gewacht en moest geld van Steve lenen. En daarna zou ze hem hebben terugbetaald en zijn weggegaan zonder een cent? Steve liegt vast. Misschien moet hij Paul over de cheques vertellen. En wat zou er dan gebeuren? Als Paul dacht dat Steve loog, zou hij hem waarschijnlijk vermoorden! Lew weet niet eens of Sha wel wilde dat Paul die brief kreeg. En hij heeft hem gewoon gebracht! 'Heb je een reservesleutel?' Als Paul haar vriend is, waarom heeft hij dan goddomme zelf geen sleutel?

Er klopt iemand op de deur. Klop, klop, klop. Zacht maar aanhoudend, als een blindenstok. Lew leunt met beide handen plat tegen de muur. Wie het ook is, klopt opnieuw. Harder dit keer. Lew loopt de trap af. Langzaam. Elke stap is zwaar en een beetje duizelig, alsof hij net op is na een week ziek te zijn geweest. Hij weet niet wie er aan de andere kant van de deur staat. Hij kan er niet veel langer meer tegen. Om niet te weten wie er aan de andere kant van al die deuren staat.

Twee mannen in pak met kort haar en een heleboel tanden. 'Hallo. Geeft u om het Eeuwige Leven?'

Lew kijkt van de een naar de ander. 'Wat?'

'Bent u geïnteresseerd in Verlossing?'

De ander houdt een soort boek omhoog. 'Wij zijn van de Kerk van...'

'Rot op!'

Hij heeft goddomme zijn voet tussen de deur! Lew trekt aan de deur, zodat hij wijd open vliegt...

'Misschien wilt u...'

'Krijg de tering.' Hij slaat de deur dicht en de man trekt net op tijd zijn voet terug. Lew leunt tegen de gesloten deur. Hij trilt. Hij hoort hen praten op de overloop. Dan gaan ze weg. Hij haalt diep adem.

Zijn tekening van de zwanen ligt nog op de tafel. Zwemmen! Ja, je moet zwemmen, maar waarheen? Waarheen? Als je niet zwemt, zink je – maar als je in kringetjes zwemt, zink je evengoed. Hij verfrommelt het vel en gooit het naar de afvalbak, maar die is overvol en de papieren bal stuitert er weer uit.

Hij kijkt even naar de bak, laat zich er dan naast op zijn knieën vallen en keert hem om. Verfrommeld papier, reclamefolders, papieren zakdoekjes, wattenstaafjes, peuken. Hij pakt een van de verfrommelde ballen papier en strijkt hem glad. Sommen, een paar rijen getallen, optellingen, aftrekkingen. De volgende is alleen maar gekrabbel: rijen en rijen slordige, onleesbare, bijna identieke hanenpoten, alsof een dokter zijn handtekening heeft zitten oefenen. Dan een envelop.

Hij is geadresseerd aan Sha, maar er staat geen afzender op en het poststempel is er tegelijk met de postzegel afgescheurd. Dan vindt hij de brief.

'Liefste Sha' – Hij kijkt naar het eind. 'Veel liefs Gerry.'

Liefste Sha,

Mijn verrukking bij het ontvangen van je brief werd slechts overschaduwd door mijn droefgeestige verlangen hem persoonlijk bezorgd te krijgen. Vrees niet, ik zal mij niet in overdreven sentimentaliteit verliezen. Ik weet dat ik mij heb geschikt in mijn lot van saaie ouwe zak en niets heb gedaan om een speciale behandeling te verdienen. Echter, ook saaie ouwe zakken hebben hun dromen en, overdag, hun herinneringen. Ik verwacht niet dat je in angstige spanning hebt zitten wachten maar verontschuldig mij niettemin voor dit late antwoord. De treurige waarheid gebiedt te zeggen dat er niets is gebeurd, mijn correspondentiële nalatigheid is louter te wijten aan mijn weigering de waarheid van mijn bestaan onder ogen te zien. De trein gaat voort en zelfs het landschap is nauwelijks veranderd...

Lew leest vluchtig verder.

... In antwoord op je vraag, ik houd je broer in het oog.

Wat?

Zo te zien maakt hij het goed en dobbert hij rustig op de woelige baren der adolescentie. Hij mist ten enenmale jouw brille of intelligentie, maar ik ben bereid toe te geven dat ik wat deze vergelijking aangaat bevooroordeeld ben.

Wie in gods...?

Wat hem van de anderen onderscheidt, is dat hij lijkt te 'deugen'. Dat klink wellicht als een bescheiden loftuiting, maar het is hier heden ten dage een zeldzame eigenschap. De meeste leerlingen hier...

Gerry Case! Hij is van Case!

... lijken zich te kenmerken door een in- en ingemeen karakter, alsof zij allemaal de baan van hun leven zullen vinden als cipier, verondersteld uiteraard dat zij erin slagen niet via een andere weg in die instellingen te belanden.

Meneer Case! Lew kijkt naar het eind van de brief.

Veel liefs, Gerry.

Hij leest de brief nog eens zorgvuldig door. Krijgt een kleur. 'Mist ten enenmale jouw brille en intelligentie...' Bevooroordeeld, waarom bevooroordeeld? Hij wist dat Sha Case kende, maar waarom bevooroordeeld? 'Ook saaie ouwe zakken hebben hun dromen en, overdag, hun herinneringen.' En waarom heeft ze hem weggegooid?

Er is nog een verfrommeld vel papier. Hij strijkt het zorgvuldig glad. Het handschrift is van Sha. Nog een brief. 'Lieve Lew.' Er krimpt iets samen in zijn borst. Hij slikt.

Lieve Lew,

Ik heb lang niet geschreven. Ik weet niet waarom. Het is niet omdat ik iets anders aan het doen ben. Ik weet het gewoon niet.

Ik heb niks gedaan. Ik doe al zo lang niks dat ik niet meer weet of ik ooit wat anders heb gedaan, ik bedoel, ik heb nooit veel gedaan. Alleen dacht ik vroeger dat ik later wat zou gaan doen. Ik dacht dat de toekomst iets was. Nu denk ik dat morgen alleen maar een herhaling van vandaag is. Mocht je iets de eerste keer missen, niks aan de hand, ga gewoon zitten en het komt terug. Nu Skip zindelijk is weet ik niet eens of ik nog wat heb om naar uit te kijken en het ergste

Dat is alles. Verder niets. Ze is halverwege de bladzij gestopt. Lew staat op, loopt naar de balkondeur en leunt ertegenaan met zijn gezicht tegen het glas. De koudheid ervan voelt prettig tegen zijn huid. Het voelt beter dan de warmte in de flat. Gestolen warmte. Niet van hem. Hij gaat met zijn hand omhoog naar de bovenkant van het houten deurkozijn om nog dichter bij het koude glas te komen. Er ligt daar iets. Hij pakt het en kijkt ernaar. Een gek, rond, puntig stukje plastic met een plat metalen uiteinde. Vreemd. Het lijkt op een soort kraspen maar dat is het niet, hij weet niet wat het is.

Er is iets met hem aan de hand. Hij kan niet zien wat dingen zijn. Erger nog, hij heeft het gevoel dat hij niet goed meer in elkaar zit. Alsof hij ogen heeft die zien en handen die vasthouden, maar de draad losraakt die geacht wordt alles bij elkaar te houden. Hij snuift en proeft iets duns en zoutigs en bitters achter in zijn keel.

Hij kijkt naar het midden van de stad onder aan de heuvel. In de volgende straat staan rijtjeshuizen en halverwege de rij zijn er een paar verkrot. Op het dak van het middelste zijn een paar kerels met een koevoet bezig om de schoorsteen heen. Het dak zit vol gaten en zo. Het zal wel gevaarlijk zijn daarboven. Ze werken snel in het afnemende licht en proberen het metaal rond de schoorsteen eraf te wrikken. Lew kijkt er een tijdje naar, wendt dan zijn blik af en ziet dat iemand anders naar hém kijkt.

Het is een man voor een raam in een fel verlichte kamer die hem recht staat aan te kijken. Lew kijkt terug maar uit niets blijkt dat de man het merkt. Lew denkt plotseling dat hij zijn eigen spiegelbeeld in de binnenkant van de ruit staat te bestuderen, maar dat kan niet. De hoek klopt niet en zijn gezicht is zo gericht dat het in de verte kijkt. Naar Lew. Zonder iets te laten merken draait de man zich om en verdwijnt achter in zijn flat. Hij laat het licht branden. Een lege, fel verlichte kamer, met Lew die erin kijkt.

Ze heeft hem nooit zulke brieven gestuurd. Haar brieven waren altijd optimistisch. Zelfs toen ze nog in een hotelkamer woonde en Skip de hele nacht huilde en ze geen geld had. Daar maakte ze evengoed grapjes over. Ze liet zich nooit kisten. Het was altijd alleen maar een fase, iets wat ze wel zou overleven, een overgangsperiode.

Hij haalt zijn bundeltje brieven te voorschijn. Degene die hij van haar gekregen heeft via Case. Hij kent ze van buiten, woord voor woord.

Lieve Lew,

Ik ben blij dat ik je eindelijk kan vertellen dat ik een eigen huis heb. Ik had er al tijden een moeten hebben maar alles liep mis (zoals gewoonlijk) en daarom heeft het anderhalf jaar geduurd. Het is niet bepaald een droomhuis maar ik voel me in het paradijs...

Lieve Lew,

Het gaat echt goed op dit moment hoewel ik een beetje genoeg krijg van dit (bij gebrek aan een beter woord) hotel maar het ziet ernaar uit dat ik binnenkort een eigen plek krijg. Skip groeit zo hard dat ik me hem amper als baby kan herinneren...

Lieve Lew...

Hij vouwt de verfrommelde brief op en stopt hem bij de andere. Er is blijkbaar wat misgegaan. Hij draait nog een sjekkie en steekt het aan. Er is blijkbaar wat misgegaan... Tenzij het altijd al mis was. Tenzij het altijd al mis was.

Lew ligt in zijn T-shirt en onderbroek op de matras. Toen hij het licht uitdeed, leek het donker in de kamer, maar hoe langer hij daar ligt, des te meer hij kan zien. Hij probeert hoe het is als hij zijn ogen dicht- en weer opendoet, maar dat maakt het alleen maar erger.

Op de overloop buiten de flat brandt een gele lamp. Hij is aan de buitenmuur bevestigd, vlak onder en naast het keukenraam. Hij weet niet waarom die hem niet eerder is opgevallen. Misschien was de gloeilamp kapot en is hij net vervangen, of misschien zit de lamp op dezelfde stop als de flat van Sha. Hij zou hem zeker gezien hebben, want hij verlicht de hele keuken en verspreidt via de keuken een vage halo tot in de woonkamer. Hij is opgestaan om ernaar te kijken en het zag er griezelig uit, alsof het hele keukenraam in geel licht baadde. Maar misschien was dat een droom, want als hij was opgestaan had hij de deur wel dichtgedaan, en nu lijkt de gele nevel rond de deuropening op een vloeistof. Terwijl hij ernaar kijkt, lijkt het naar voren te sijpelen en weer terug te stromen. In voortdurende beweging.

Vroeger, toen hij klein was, had hij soms een vreemd soort nachtmerrie. Die begon als hij half in slaap was. Als hij hem kreeg, kon hij niet zeggen of hij sliep of wakker was. Het voelde als een droom, maar hij had het gevoel dat hij wakker was. Dat was het angstaanjagendste ervan. Ook al had hij het gevoel dat hij wakker was, hij was het niet echt, want hij kon de droom niet stoppen of opstaan, of zich überhaupt bewegen.

De nachtmerrie begon altijd met een treinreis of terwijl hij op een station op een trein stond te wachten of alleen met de gedachte aan treinrails. Hij wist altijd wat er gebeurde en waar hij was als de droom begon, ook al kon hij het niet altijd zien. Alsof hij met zijn ogen dicht en zijn handen over zijn oren op een perron stond. Hij kon niets zien of horen, maar toch wist hij dat hij op het perron stond en dat er aan weerskanten van hem rails lagen. Soms begon de nachtmerrie alleen met dat gevoel, niets concreets, maar hij wist waar hij was.

Daarna kon het diverse kanten opgaan. Soms zat hij bijvoorbeeld in de achterste treinwagon en dan zag hij als hij omkeek een rimpeling zijn kant opkomen door de rails, zoals een golf in water of de rimpeling die door een loper gaat als je een uiteinde optilt en ermee wappert. De rimpeling achtervolgde de trein. Achter de eerste kwam er een tweede rimpeling door de rails die de eerste inhaalde, maar op het moment van inhalen vloeiden de twee rimpelingen in elkaar over en vormden een nieuwe rimpeling, groter dan de eerste, sneller en dreigender. Lew kon er niets tegen doen. Dat was het nachtmerriegevoel: iets wat aanzwol, achtervolgde, dreigde, zonder dat hij er iets aan kon doen. Angstig maar machteloos, niet in staat zich te verroeren en niet in staat zich af te wenden van een gevaar dat hij onverdraaglijk vond om naar te kijken.

Terwijl hij daar ligt, weet hij dat dat nachtmerriegevoel terug is, ergens binnen in hem. Hij voelt het in de nervositeit in zijn borst en in zijn vermoeidheid tussen het wakker zijn en slapen. Na het vinden van de brieven heeft hij de rest van Sha's flat doorzocht, maar dat leverde niet veel op: een paar foto's van Sha en Skip, Paul en een paar andere mensen die hij niet kende. Een schoenendoos met officiële papieren: Skips geboorteakte (Benjamin Gerald Neall, vader onbekend), wat gedoe over de flat, een garantiebewijs voor een kleuren-tv en iets over een encyclopedie, een vervallen bankboekje en een pinpas, de bibliotheekkaarten van Sha en Skip. Niks wat hij vindt, helpt. Alles is nutteloos of verwarrend of allebei.

Hij probeert aan dingen te denken om het nachtmerriegevoel weg te houden. Sha die een keer zijn kamer binnensloop toen hij vroeg naar bed was gestuurd. Wat had hij nou weer misdaan? Hij kan het zich niet herinneren. Misschien was hij ziek. Ze sloop binnen en vertelde hem verhaaltjes en stak door de muur heen haar tong uit tegen hun ouders en maakte hem aan het lachen. Hij haalt langzaam adem. Probeert aan iets anders te denken. Een sinaasappel pellen aan de oever van de rivier, in de huizen klimmen. Hij heeft zo weinig. Er moet meer zijn.

Denise. Die de heuvel af rolt met Tommy, die praat. Denise die zegt: 'Nee, jij wordt al de hele tijd gedragen, nu is het mijn beurt,' en met steeds meer gewicht op Tommy's rug gaat hangen totdat hij lachend in het gras zakt. Lew laat zich weer op het kussen vallen en ademt langzamer. Het nachtmerriegevoel verdwijnt en hij valt langzaam aan in slaap.

Hij loopt thuis door de straat als hij mevrouw Simmonds bij de kapper vandaan ziet komen. Het eerste dat hij denkt, is dat hij zich moet verstoppen omdat ze aan iedereen zal vertellen waar hij is, maar het is te laat om zich om te draaien want dan weet ze dat hij iets doet wat niet mag, dus loopt hij gewoon door en glimlacht tegen haar. Ze glimlacht op een eigenaardige manier terug en dan beseft hij het. Ze heeft hem niet herkend. Misschien is zijn uiterlijk veranderd. Hoelang is hij al weg? Hij blijft in een etalageruit staan kijken, maar er is geen spiegelbeeld in de ruit. In plaats daarvan kan hij tot helemaal achter in de winkel kijken. Het is een dierenwinkel. Er zijn drie rijen kooien met allerlei dieren. De winkel is veel dieper dan ze meestal zijn in deze straat. Er komt iemand binnen door de achterdeur. Een meisje. Hij weet dat hij moet weten wie het is, maar het duurt even voordat hij haar herkent. Het is Sha! Hij staart naar haar en schreeuwt, maar ze kan hem niet horen door het glas. Hij draait zich naar links en naar rechts om de deur te zoeken. Vindt hem en rent de winkel in. De winkel stinkt naar een dierentuin, en de stank remt op een of andere manier zijn vaart. Alsof hij zich erdoorheen moet worstelen. Als hij achter in de winkel komt, is Sha er niet. Er is alleen een klein mannetje dat hij niet kent. Het mannetje is zo klein dat het bijna een dwerg is. 'Wees maar niet bang,' zegt hij met een glimlach. 'Je hoeft niks te kopen. Een heleboel kinderen komen hier alleen maar rondkijken.' Hij steekt zijn handen uit. 'Is het geen pracht?' Hij heeft iets in de holte van zijn handen. Het is een langharige cavia. Lew is in de war. Hij wil vragen waar Sha is gebleven, maar omdat de man hem een kind heeft genoemd durft hij dat niet.

Dan is hij de vaat aan het wassen. Het is een gigantische stapel en hij heeft de kraan voluit open en een heleboel schuim. Hij weet niet precies wiens keuken het is, maar als Denise binnenloopt, weet hij dat het de hare is. Ze leunt tegen hem aan. 'Je hoeft heus niet alles te doen, hoor,' zegt ze. Hij voelt haar borst tegen de zijkant van zijn arm. Hij leunt naar voren en de rand van de gootsteen drukt tegen zijn heupen. Dan stroomt het water over de rand en loopt langs de voorkant van zijn spijkerbroek.

Hij wordt wakker en knippert met zijn ogen. Zijn onderbroek is nat. Hij schaamt zich en trekt hem uit, veegt zich af met de droge kant en gaat weer slapen.

Als het kloppen hem wakker maakt, droomt hij dat hij in het ziekenhuis is om meneer Case op te zoeken. Alleen vraagt hij in plaats van naar meneer Case of hij bij zijn zus op bezoek mag. De hoofdzuster schudt haar hoofd. 'Het spijt me, één bezoeker tegelijk.'

Hij gaat overeind zitten, doet zijn ogen open, doet ze weer dicht, weer open, knippert. Opnieuw geklop. Hij laat zich uit bed rollen, trekt zijn spijkerbroek aan, duwt met zijn voet zijn onderbroek onder de matras en loopt bibberend de trap af naar de deur.

Het is Paul. 'Lew,' knikt hij en hij stapt naar binnen, trekt de deur achter zich dicht en loopt de trap op. Lew volgt hem. Paul heeft nog dezelfde kleren aan en geen tijd gehad om zich te scheren of te wassen. Hij kijkt over zijn schouder. 'Wat van Sha gehoord? Is er iemand langs geweest? Is niemand me hier komen zoeken?'

Lew fronst en wrijft in zijn ogen. Hij speurt de vloer af en pakt zijn trui. 'Wie zoekt je dan?'

Paul doet of hij Lews vraag niet heeft gehoord. Hij steekt zijn hand in zijn tas, trekt er een blikje bier uit, laat het open ploffen en neemt een slok. 'Het gaat niet goed.' Hij neemt nog een slok. 'Het gaat zelfs verschrikkelijk kut.'

'Wie zoekt je dan?' herhaalt Lew. Paul beantwoordt Lews blik, steekt een sjekkie op en inhaleert diep. 'Ik weet er nog niet alles van... Wie niet? Dat is een betere vraag.' Hij kijkt op en lacht om Lews gezicht. 'Jezus, Lew, je zal wel denken dat je in een nest mafkezen terecht bent gekomen!'

Zijn gelach wordt sneller afgekapt dan het begon. 'Het zijn gewoon de tijden, meer niet, gewoon de tijden. Je komt midden in één grote stroom pech terecht en je kan niks anders doen dan je laten meedrijven en proberen de schade te beperken. Snap je? Tegen pech valt niks te doen, dat is alles.'

Lew heeft geen idee waar hij het over heeft. Paul schudt zijn hoofd en krabt zijn nek. 'Zit er maar niet over in, Lew. Het belangrijkste is dat ik hier pleite moet en dat ik niet naar Sha kan zoeken of kan wachten tot ze weer opduikt. Maar ze moet in staat zijn om me te vinden als ze terugkomt, ook al weet niemand waar ik ben. Kan je me volgen?' Hij vist een duimdikke potloodstomp uit zijn achterzak, graaft dan in de rest van zijn zakken naar een stuk papier. Het enige dat hij vindt, is het pakje Camel dat Lew voor hem heeft gekocht in de kroeg. Eerst heeft Lew niet in de gaten wat hij aan het doen is, maar als hij het wel in de gaten heeft, is het te laat om op de stapel papier achter hem op de tafel te wijzen. Paul kiepert de sigaretten eruit en schrijft twee namen op het pakje: een persoon en een stad. Daarna stopt hij de sigaretten weer in het pakje en schuift het over de tafel naar Lew. 'Daar ben ik. Ze kan me daar bellen. De naam staat in het telefoonboek. Ik krijg daar werk. Het wordt goed. Ik wil dat zij daar ook heen komt.' Hij staart Lew recht aan.

Terwijl hij naar Pauls overhangende wenkbrauwen kijkt en naar de traagheid van zijn oogleden, dringt voor het eerst tot Lew door hoe afgepeigerd hij is.

'Alles is geregeld,' zegt hij, en hij begint te mompelen. 'Ik krijg er een eigen huis. Met ruimte voor haar en Skip.'

Lew schudt onwillekeurig zijn hoofd. Hij wil zeggen: 'Maar ik ben gekomen om bij hén in te trekken,' maar hij houdt zijn mond. Voor het eerst ziet hij Paul als een concurrent, een vijand.

Paul merkt het niet. Hij wrijft in zijn linkeroog. Zijn rechteroog is minder bloeddoorlopen maar de blauwe plek ziet er erger uit, donkerder. Hij kijkt weer naar Lew en glimlacht. 'Kom ook maar als je wil. Als ik gesetteld ben. Dat zal niet lang duren. Ik kan wel wat werk voor je regelen.' Hij buigt zijn hoofd achterover en drinkt zijn bier op. 'Ik reken op je, Lew. Alleen Sha, niemand anders. Als er iemand anders langskomt, of ze nou naar mij of naar Sha of naar wie dan ook vragen.

Jij weet van niks. Gesnopen? Mooi.' Hij staat op en glimlacht, strak, alleen met zijn mond. 'Zie je, Lew.'

Lew blijft zitten zoals hij zat. Een stukje van de tafel af met zijn voeten uit elkaar, zijn rug gebogen, schouders afgezakt. Zijn polsen liggen op zijn dijen en zijn handen tussen zijn benen. Pauls voetstappen verdwijnen via de trap. Sha's voordeur gaat open en dicht. Lew verroert zich niet. De rook van zijn sigaret krult in een lange sliert omhoog langs zijn gezicht. Als de sliert van richting verandert en zijn neus kietelt, wendt hij met een overdreven ruk zijn hoofd naar links, alsof de rook een klap in zijn gezicht was. Hij kijkt naar de sigaret en het rookspoor en drukt hem dan uit. Wrijft onder zijn trui met zijn hand over de zijkant van zijn borst. Een, twee, drie, vier ribben. Daarna verdwijnen ze onder dunne spieren en moet hij drukken om ze duidelijk te voelen.

Hij staat op en loopt door de flat, kijkt in elke kamer terwijl hij al het licht aandoet. Bij de badkamerspiegel blijft hij staan en staart naar zijn gezicht. Het staart even uitdrukkingsloos terug. Hij staart ernaar totdat hij niet meer denkt dat het zijn eigen gezicht is, totdat hij het uitdrukkingsloze gezicht van een onbekende ziet dat zich licht naar voren buigt, tronend op een paar smalle schouders. In de flat van iemand anders.

Hij wendt zich af. Doet het licht uit, loopt in het donker terug naar de woonkamer. Gaat op de matras liggen en trekt de deken tot over zijn schouders. Zijn trui heeft hij uitgetrokken maar niet zijn spijkerbroek. Het duurt een hele tijd voordat hij weer in slaap valt en hij kan maar aan één ding denken. Eén ding komt telkens weer in hem op met het ritme van een ouderwetse trein, het ritme van 'ik kan het best, ik kan het best'. Alleen is het niet 'ik kan het best'– het is 'ze komt niet terug, ze komt niet terug'.

Lews handen in zijn zakken zijn vuisten, en in een van die vuisten zit wat er nog over is van het geld dat Paul hem heeft gegeven. Hij hoeft het niet na te tellen om te weten hoe weinig het is. Als het op is, heeft hij alleen Sha's cheques nog. Het moet mogelijk zijn om die te innen. Tenminste, naar wat hij heeft gehoord, moet dat mogelijk zijn. Stick had het er altijd over op school. Over hoe hij 's ochtends voordat zijn zus opstond haar cheques uit de brievenbus pikte, ermee naar het postkantoor ging en ze zelf inde. Volgens hem ging zijn zus dan gewoon weer naar het bijstandskantoor om nieuwe te halen, dus het maakte niets uit. Stick is een dikdoener maar Lew gelooft niet dat hij zou opscheppen over iets wat niet mogelijk was. Gewoonlijk blies hij alleen zijn eigen rol op in elk verhaal dat hij aan het vertellen was. Misschien heeft hij alleen de cheques gepikt en ze aan iemand anders verkocht. Dat moet te doen zijn.

Als Sha terugkomt en merkt dat hij haar cheques heeft gepikt, zou ze wel eens behoorlijk kwaad op hem kunnen worden. Maar al te blut kan ze niet zijn, anders was ze er wel voor teruggekomen. En ze schijnt ze trouwens al te hebben. Dat zei Steve, en ze kan hem niet van de wind hebben terugbetaald.

Misschien zijn de cheques herhalingen, per vergissing verstuurd. Toen ze opbelde om erover te klagen, zeiden ze alleen dat ze al verstuurd waren. Misschien hebben ze ze gewoon nog een keer gestuurd. Dan zou hij haar helpen als hij ze inde. Het zou te link zijn als ze het zelf deed – zij zou ze gewoon moeten terugsturen. De winst zouden ze kunnen delen.

Zelfs als het de goede cheques zijn en hij ze int, hoeft ze alleen maar naar het kantoor te gaan om te zeggen dat ze nooit zijn aangekomen. Net als de zus van Stick. Zolang zij ze maar niet getekend heeft, zal ze nieuwe kunnen krijgen

Denise zal wel weten hoe dat gaat en wat hij moet doen. Misschien doet zij het wel gewoon voor hem. Net als met de elektriciteit. Kabam. Geen moeilijk gedoe. 'Laten we een stukje gaan lopen.'

Hij wacht op de lift, luisterend naar het kreunen en draaien van de machinerie in de schacht. Het duurt een hele tijd. Hij kucht, strijkt zijn haar achterover, fronst, kijkt om zich heen. Er hangt een bordje met het adres van de huismeester aan de muur dat Lew zich niet van eerder herinnert, dus loopt hij weer naar het parkeerterrein buiten om zeker te weten dat 't het goede gebouw is.

Als hij weer binnenkomt, is de machinerie stil. Hij luistert goed, probeert dan de knop nog eens. De deuren springen open en de stank van desinfecteermiddel golft hem tegemoet. Erger dan eerst. Iemand heeft met een zwarte markeerstift 'achter vijandelijke linies' op de deur geschreven. Wat dat ook moge betekenen. Lew krabt met een nagel aan de letters. Het is vast geschreven nadat de lift was schoongemaakt.

Hij laat een vinger boven de knop voor de begane grond zweven, drukt hem dan in en spring eruit terwijl de deuren nog opengaan.

Voor de deur van Denise blijft hij even staan, pulkt de inktschilfers onder zijn nagel vandaan en stelt zich voor dat ze glimlachend de deur opendoet. Hij grijnst en drukt op de bel.

Er doet een man open. Hij is groot. Buitensporig groot. Lang, met brede schouders en verward blond haar. Blote voeten, spijkerbroek en een haveloos wit hemd. 'Ja?'

Lew kijkt op en om zich heen. Het is de juiste deur, is hij soms op de verkeerde verdieping uitgestapt? Hij kijkt weer naar de man. Hij komt hem bekend voor, maar ook weer niet. Er is iets raars met zijn ogen. Zoals ze hem aanstaren.

'Ik was op zoek naar Denise.'

'Aha, en wie is "ik"?'

Lew fronst. Die vent klinkt als een zeikerige leraar.

'Een vriend van haar, Lew.'

'Wacht even, wil je? Ik zal haar zeggen dat je er bent.'

Terwijl hij zich omdraait om de flat weer in te lopen, snapt Lew wat er zo raar aan hem is. Hij maakt het op uit de rode plek op zijn neus. Hij mist zijn bril.

Hij luistert hoe hij een van de binnendeuren opendoet en spitst zijn oren bij het gemompelde gesprek dat volgt. Hij kan de woorden niet verstaan. Noch die van Denise, noch die van de onvriendelijke reus. Hij wipt van zijn ene voet op de andere. Het duurt te lang. Waarom komt Denise niet naar de deur of roept ze niet 'kom binnen' of 'hallo' of zoiets? Hij kijkt naar de jassen aan de binnenkant van de deur, die grote bovenop zal wel van Zeikerd zijn.

Binnen wordt een deur dichtgeslagen en de reus komt terug. 'Ze zegt dat je maar moet binnenkomen.'

Lew fronst en wacht.

'Ze zit in bad.'

Lew fronst nog erger, maar nu gaat de man aan de kant staan en wuift dat hij moet doorlopen, dus geeft hij een soort knikje en doet het. 'Waar is Tommy?'

'Bij zijn vader.'

Lew kijkt de kamer rond. In een hoek ligt een trui op de grond en onder de bank steken schoenen vandaan.

'Als je wat wil drinken, pak je maar.' De man schenkt een mok thee in, pakt hem op en loopt ermee naar de badkamer. 'In bad.' Lew slikt. Hij kijkt op naar het prikbord en recht naar een foto van de reus, die een bril op heeft en met Tommy en nog een ander kind speelt. Het is een van de foto's waar hij naar heeft gestaard toen hij op zoek was naar Tommy's vader.

Ze praten weer. Fluisterend. 'In bad.' Lew stelt zich voor hoe Denise daar bloot ligt terwijl de reus erbij staat en naar haar kijkt. Leunend tegen de muur, ontspannen, glimlachend. Kijkend naar haar tieten en haar haartjes die omhoog drijven in het water en zo. Pratend, mompelend. Over hem? Met een kleur springt hij op en hoort hoe Denise een giechellachje inslikt. Ze had hem best kunnen zeggen dat ze een vriend had. Niet omdat hij dacht dat hij haar vriend kon zijn. Maar toch... ze had het best kunnen zeggen.

De badkamerdeur staat open. Hij zal erlangs moeten om naar buiten te komen. Hij hoort gespetter van water en gemompel van de stem van de man. Ook al is hij maar op een paar passen afstand, hij kan nog steeds niet verstaan wat ze zeggen.

Waarom fluisteren ze? Net als Lew weer een stap richting voordeur doet, houdt de zware stem op en verschijnt de man in de deuropening van de badkamer. Hij trekt zijn wenkbrauwen op als hij Lew door de gang ziet sluipen. Hij doet de badkamerdeur achter zich dicht.

'Ik kan niet wachten,' mompelt Lew. 'Ik kwam alleen even tot kijk zeggen.'

'Ze is zo klaar.'

'Nee, nee, ik moet weg.' Hij kan Denise horen neuriën in de badkamer.

'Ik zal haar zeggen dat je haast hebt.'

'Nee, nee,' mompelt Lew in het voorbijgaan. 'Zeg haar maar dat ik weg moest.'

'Ook goed,' haalt de man zijn schouders op. Lew slaat de hoek om, doet de voordeur open, gaat hem snel door en loopt richting trap. Hij is bang dat Denise zal komen en hem zal terugroepen. Stomme eikel. Onhandig rent hij de eerste trap af. Hij blijft maar nauwelijks op de been. Wat een lul. Hij heeft de pest in. 'Het zijn gewoon de tijden, Lew, gewoon de tijden.'

Lew kijkt naar buiten door Sha's keukenraam. Er is wind opgestoken. Aan de overkant van de straat staat een fabriek of een soort pakhuis, en aan de voorkant daarvan is een kleine gecombineerde parkeer- en laad- en losplaats.

Lew leunt voorover met zijn gezicht vlak bij de vuile ruit en kijkt hoe een vorkheftruck volgeladen pallets het gebouw in rijdt. Hij rijdt naar buiten, draait, rijdt eenmaal achteruit, laat de vork zakken en rijdt naar voren terwijl de vork met de pallet omhooggaat. De heftruck schokt als hij het gewicht opvangt. Zodra de pallet los van de grond is, trekt hij in een snelle cirkel op en schiet het gebouw in. Hij rijdt naar buiten, draait, rijdt eenmaal achteruit, rijdt naar voren terwijl de vork met de pallet omhooggaat. De pallet gaat nog steeds omhoog als hij in een cirkel naar voren rijdt en het gebouw in schiet. Hij rijdt naar buiten, draait, rijdt eenmaal achteruit, rijdt naar voren terwijl de vork met de pallet omhooggaat.

Terwijl Lew kijkt hoe de heftruck elke keer hetzelfde doet, voelt hij de beweging ook in zichzelf als water dat heen en weer klotst in een bad. Steeds hoger. Steeds dichter naar de randen en geleidelijk toewerkend naar het moment van overstromen. Hij slikt. Hij voelt zich misselijk.

Toen hij klein was, ging hij samen met Sha in bad. Daarna was hij na haar aan de beurt. Zij kreeg het water eerst omdat ze groter was en tegen de tijd dat hij het kreeg, was het altijd koud. Zo was het vroeger. Hij raakt met zijn hand de ruit aan en laat zijn vinger eroverheen gaan, maar het stof zit allemaal aan de buitenkant en zijn vinger trekt geen spoor.

Ja, zo was het vroeger... Maar hij kan zich niet duidelijk een bepaalde keer voor de geest halen dat ze samen in bad zaten. Hij kijkt naar de heftruck. In de andere kamer staat de radio aan. Het misselijke gevoel klotst in hem heen en weer. Hoe weet hij dat het vroeger zo was? Hij kan het zich niet herinneren. Hij kan zich helemaal niets herinneren. Het water was altijd koud als hij erin mocht. Dat kan hij zich niet herinneren. Hoe weet hij het dan? Hij verzint gewoon details. Om het geloofwaardig te laten klinken.

Hij wendt zich af van de heftruck. Er loopt een oude vrouw door de straat. Ze heeft een wandelstok en port in het trottoir alsof ze er de pest aan heeft. Por, por, por. Alsof ze het trottoir eraan probeert te herinneren hoe erg ze er de pest aan heeft. De wind haalt haar in met een flard krant maar staakt dan de wedstrijd. Ze loopt door.

Lew duwt zich af tegen het raam en loopt de kamer in en verder naar de balkondeur. Zijn handen trillen. Vanaf deze kant van de flat ziet hij helemaal niemand, wat helpt om hem weer te kalmeren. Hij ademt langzaam in en uit. Er is iets klassieks op de radio. Hij vist met twee vingers in het kleine voorzakje van zijn spijkerbroek en haalt er het stukje plasticfolie met het LSD-papiertje uit. Alleen maar een papiertje. Hij kijkt naar het raam waar hij die man naar hem zag kijken, maar er is niemand. Hij heeft zin om de trip te nemen. Hij probeert helder na te denken. Hij heeft er maar een keer eerder een geslikt en dat was buiten de stad, met vrienden, gewoon voor de lol. Maar hij heeft zin om de trip te nemen. Er moet iets gebeuren, aan het rollen worden gebracht, veranderen. Hij weet niet wat hij moet doen, en hij kan niet niets blijven doen.

Hij knipt de trip met een schaar in tweeën, wipt de grootste helft achter op zijn tong en slikt. Het andere stukje stopt hij weg.

Dat hij iets heeft gedaan, is voldoende om hem te laten kalmeren. Hij vraagt zich af of het goed spul is. Of het zal werken of dat het te oud is, maar als hij de metalen smaak achter in zijn keel proeft, weet hij het. Hij vult een glas met water, drinkt het half leeg, gaat op de matras liggen en kijkt naar het plafond. Hij is altijd te... Gewoon altijd te... Gewoon te erg. Hij laat zich van de wijs brengen door dingen waar hij helemaal niks van weet. Er is nog niet eens een week voorbij, Sha kan elk moment terugkomen.

Hij rolt zich op zijn buik en pakt *De zwanen*. Hij leest hardop, doet alsof hij Skip voorleest. Hij leeft zich helemaal in de gevoelens van het jongetje uit het verhaal in: trots, angst, wanhoop. Als hij langs de zwanen zwemt, lacht Lew. 'Zo ja.' Hij maakt duwbewegingen met zijn handen. 'Woeps! Door de zwanen heen! Zwemmen!' Hij lacht en gaat achteroverliggen.

Eindelijk voelt hij zich een keer goed. Hij krabt zijn hoofd en ademt uit met een lange moeiteloze zucht die aldoor maar doorgaat alsof zijn borst een ballon is waar de stop uit is getrokken. Hij lacht opnieuw. Een ballon waar de stop is uitgetrokken! Met de rest van het water spoelt hij de rest van de LSD weg.

Het is de tijd van de dag dat de fabrieken en kantoren al dicht zijn maar de winkels nog open. Het is vreselijk druk op straat. Lew weet nog steeds niet waar hij heen gaat, maar dat doet er niet meer toe. Hij volgt zijn ogen en alles is interessant. Er zijn een heleboel mooie meisjes, zoveel dat hij niet lang naar eentje kan kijken zonder dat hij wordt afgeleid door een ander. Je hebt er die in groepjes lopen, of met hun vriendje, of haastig in hun eentje. Elke keer als er een zijn kant op kijkt, glimlacht hij en kijkt haar recht in de ogen en loopt verder.

Voor een banketbakkerij blijft hij zich aan de plateaus met

taarten staan te vergapen en aan de hoofdattractie die ze omringen, een fantastische roomcreatie. Flinterdunne torentjes van wit verrijzen tot onafzienbare hoogte op een chocoladekasteel. Op het bovenste torentje balanceert een bruidspaar. Lews mondhoeken trillen, hij grijnst, hij begint te giechelen. Hij leunt tegen het raam en lacht alsof hij op springen staat. Aan de andere kant van het glas kijkt een vrouw met een roze met blauw schort hem streng aan. Hij probeert op te houden maar hij kan het niet, hij kan het gewoon niet, en door de blik op haar gezicht moet hij nog harder lachen. Hij kan er niet tegen. Hij hapt naar lucht. Hij kan niet zoveel lachen. Hij heeft pijn in zijn zij. Hij loopt verder. Mensen kijken hem vreemd aan, dus slikt hij zijn volgende lach maar in. Die kietelt hem op weg naar beneden, maar hij houdt zich in en loopt verder. Stralend als een gelukzalige idioot.

Het wordt avond. Hij staat boven aan een flauwe helling naar beneden te kijken als de straatlantaarns een voor een aanfloepen als een rij in slow motion omvallende dobbelstenen. Ze zijn roze bij het aangaan maar worden langzaam geel. Stokstijf van verbazing blijft hij staan, andere mensen lopen voorbij, maar hij verroert zich niet. Het is een lichtshow alleen voor hem, beter dan laser.

Hij voelt zich vrij en onafhankelijk, van alles gescheiden, alsof hij een druppel olie is die opstijgt in water. Helemaal naar de top. Compleet en op zichzelf staand. De stad bruist van het leven en is voor hem, alleen voor hem. Hij slentert langs een kortademige oude bedelaar die heeft gemerkt dat er te veel geld in zijn handpalm ligt en dertig seconden snel en energiek wordt om het in zijn zak te steken. Een vrouw heeft bloed op haar gezicht en praat huilend met een politieagent. In het voorbijgaan draait Lew zijn hoofd om om haar na te kijken en te zien waar het bloed vandaan komt.

Op de terugweg naar de flat van Sha loopt hij door een straat met clubs en seksshops. Als de straat omhooggaat, loopt hij niet meer. De wereld draait onder hem rond als een draaimolen voor peuters. De stappen die hij doet brengen hem niet vooruit, ze houden hem alleen overeind. Dat hij vooruitkomt, is een geschenk van de draaiende wereld. Hij passeert de gapende mond van de metro en beseft dat het eigenlijk een reusachtige slang is. Gulzig, met alleen kop en staart die eruit steken, een hongerige slang die hem in zijn geheel heeft ingeslikt en weer uitgescheten. Op zijn weg naar Sha's flat.

'Misschien is ze wel terug,' denkt hij en hij blijft staan. Hij steekt zijn hand uit alsof hij voorover gaat vallen, maar hij wankelt niet en valt evenmin. 'Misschien is ze wel terug!' Hij loopt verder, snel dit keer, met lange soepele stappen. De geluiden van verkeer en voorbijgangers vormen een achtergrond, een soundtrack waar hij doorheen moet om zijn zus te zien.

Hij ontwijkt een man op het trottoir en heeft het gevoel dat hij zichzelf niet in de hand kan houden. In plaats van dat hij loopt, zit hij in een soort voertuig dat door een bocht gaat op een losse ondergrond. Hij wordt gewoon meegevoerd. Voor zich uit ziet hij de hoeren, onder de bomen waar de straat donkerder wordt. De eerste straatlantaarn is kapot en knippert in een traag ritme, een vermoeide disco. De vrouw stapt eronder vandaan en draait met een schokkerige, insectachtige beweging haar hoofd in zijn richting en komt hem op de een of andere manier bekend voor.

Hij kan niet voorkomen dat hij op haar af gaat. Hij kan niet afremmen of uitwijken. Ze heeft haar hoofd omgedraaid. Hij staart naar haar achterhoofd. Hij ziet een jong hoofd, omlijst door sprietig steil haar, een arm die naar beneden gaat. Hij begint te huiveren. Hij doet zijn mond open om te roepen.

Zijn mond is droog en kleverig stroef. Hij vindt geen woorden. Hij komt steeds dichterbij. Ze draait zich even om, kijkt dan weer de andere kant op. Hij stopt. Hij blijft doodstil staan.

Datgene waardoor hij gedreven werd, is verdwenen. De vrouw onder de kapotte lantaarn draait zich naar hem om. Het is het meisje dat hij op zijn eerste avond zag. Hij staart haar aan. Ze schudt haar hoofd en loopt weg. Hij weet niet wat ze bedoelt, maar opeens moet hij rennen. Hij begint te rennen. Hij weet niet waarom, maar hij moet naar de flat van Sha. Hij moet erheen. Hij heeft geen seconde te verliezen. Hij blijft rennen en stopt geen enkele keer. Zelfs niet als zijn hart tegen zijn borst begint te bonken en hij naar adem moet happen.

Het traplicht is vreemd. Het is ander licht. Fel en kil. Wie heeft het aangedaan? Hij hoort mensen praten. De rozen op het behang zijn gigantisch en fluoresceren. Hij sluipt erlangs alsof ze hem zullen verwonden. Waarom is hem dat niet eerder opgevallen? Rozen hebben doorns. De verf op de trap lijkt wel bloed. Het kan best bloed zijn. Waarom dacht hij dat het verf was? Hij steekt langzaam zijn hand uit, angstig, en raakt het aan met zijn vingertoppen. Is het altijd bloed geweest? Van wie zijn die stemmen?

'Sha?' roept hij en hij loopt langzaam naar boven. 'Sha?' Als hij de deur van de woonkamer opendoet, weet hij het. Het is de wekkerradio weer.

'Neeeee!' Hij pakt de radio met beide handen vast, tilt hem boven zijn hoofd, houdt hem daar een seconde die een eeuwigheid duurt en gooit hem dan keihard op de vloer. Het ding houdt op met praten en begint te zoemen. Lew pakt het snoer en slingert de radio tegen de muur. Hij schiet uit het stopcontact, slaat te pletter en verstomt geheel.

'Waar ben je?' Hij leunt tegen de muur. 'Waar ben je?' Hij stormt de slaapkamer in en blijft staan boven de twee keurig opgemaakte matrassen. Ze draaien een beetje om elkaar heen en dan weer terug in hun oorspronkelijke positie. Hij voelt dat hij wankelt. Hij laat zich op zijn knieën vallen. Rukt de dekens van Sha's bed en draait ze om en gooit ze op een hoop op de vloer en schopt ertegen. Hij kijkt naar het bed, naar het eenpersoonslaken, te klein voor de matras en met een lelijke roodbruine vlek in het midden. Het zegt hem niets. Hij pakt een hoek van de matras, tilt hem op en keert hem om. Er ligt niets onder.

Hij trekt de laden eruit in zijn haast om ze te doorzoeken. Ze kletteren op de vloer. Hij heeft een glas gebroken en een flesje door de lucht laten vliegen. De geur van parfum zweeft omhoog. Hij begint te huilen. Er bonkt iets op de andere kant van de muur. Hij begint naar de woonkamer te kruipen en komt met zijn hand in een stuk glas terecht. Shit. Hij probeert het glas er met zijn andere hand uit te trekken maar hij heeft parfum aan zijn vingers. Hij kan zich nauwelijks bewegen. In plaats daarvan beweegt de kamer. Hij begint weer te kruipen. Maakt bloedvlekken op de vloer. De vloer is bedekt met olie en glibberig licht. Hij kan de vloer en zijn lichaam niet vertrouwen. Hij heeft het gevoel dat hij al tijden bezig is, maar hij is nog niet eens de slaapkamer uit. Elke beweging van elk deel van zijn lichaam vergt alle concentratie die hij bezit.

Hij weet wat er gebeurt, maar dat helpt niet. Breng een hand naar voren en spreid de vingers, leg hem langzaam op de schuin oplopende, glijdende vloer. Het gaat niet goed. Til een been op, balanceer op het andere been en twee handen, probeer gelijkmatig te ademen ook al wordt je borst ingedrukt. Die andere keer was het alleen maar leuk. Breng de knie naar voren en zet hem neer, probeer in beweging te blijven, blijf kruipen. Wanneer zal het ophouden? Hap naar lucht en knipper met je ogen, bij elk piepklein hapje deint je borst, bij elke knippering storten er twee rolluiken naar beneden.

Na lange, lange tijd weet hij de matras op de vloer van de woonkamer weer te bereiken en klimt erop. Hij pakt het boek met de zwanen en dwingt zichzelf ernaar te kijken. Elke keer als hij in paniek raakt, krijgt hij zichzelf weer in de hand met het verhaal over het jongetje. Hij denkt aan Sha en hij denkt aan zichzelf. Een jongetje dat in de zon staat voor een blinde grijze muur en met toegeknepen ogen naar de camera kijkt. Elke keer als de kamer uit elkaar begint te vallen, kijkt hij naar de plaatjes in het boek, leest het verhaal en praat tegen Skip.

Uiteindelijk valt hij in slaap.

Hij wordt vroeg wakker, te moe. Het licht buiten is bleek en schraal en siepelt door een wolkennet. Overal is grijs licht als fijne regen die door de gesloten ramen naar binnen is gestoven en alles in de flat met een glad olieachtig laagje heeft bedekt. Lew voelt zich uitgeput en slap. Zijn mond en keel zijn vies en verstopt, hij heeft honger. Hij voelt zich leeg maar onvulbaar. Alsof er een pijp met open uiteinden door zijn maag is geramd en alles wat hij erin stopt daar dwars doorheen valt. Wat hij ook doet, hij komt niet van die holle pijp af die van zijn slokdarm dwars door zijn darmen naar zijn aars loopt.

Als hij terugkomt van het brood en melk kopen voor zijn ontbijt, kijkt hij omhoog. Er staat een groepje mannen op de overloop voor Sha's flat. Vier van hen hebben oranje met zwarte werkkleren aan. Onder aan de trap staat een vrachtauto van de gemeente geparkeerd.

Lew doet zijn ogen dicht en wankelt. Hij is te moe om naar boven te gaan en te proberen iets te zeggen. Hij zou in elk geval naar boven moeten gaan om zijn spullen te pakken, maar dat zou praten betekenen, dat zou uitleggen betekenen en daarvoor is hij te moe. Sommige dingen gebeuren nu eenmaal. Hij steekt de straat over, gaat op de muur van de laad- en losplaats van het pakhuis zitten en kijkt.

Ze hebben de deur open en nu beginnen ze in de muur te boren. Ze hebben een stalen deurkozijn klaarstaan op de overloop. Als ze klaar zijn, manoeuvreren twee van hen het in de juiste positie en houden het daar terwijl de andere twee iets doen wat hij niet kan zien. Die draaien waarschijnlijk de bouten erin.

Daarna komen ze naar beneden en gaan om de achterkant van de vrachtauto heen staan. Ze zijn allemaal groot en te dik. En oud. Minstens veertig. Twee van hen klimmen op de achterkant van de vrachtauto, zetten de deur overeind en beginnen hem naar buiten te schuiven. Hij is zwaar en moeilijk hanteerbaar. Een van hen springt op de grond om de andere twee het gewicht te helpen opvangen terwijl zijn maat op de laadklep blijft staan om hem in evenwicht te houden en het laatste stukje naar buiten te duwen. Als de deur bijna buiten is, krijgt hij Lew in de gaten die naar hen zit te kijken. 'Kom op!' schreeuwt hij. 'Help ons oudjes eens een handje!'

Lew staart omhoog naar de overloop. Al die tijd die het hun kost om de deur de trap op te sleuren, verroert er zich niets op de overloop. Hij voelt zich misselijk. Als ze te voorschijn komen, laten ze er geen gras over groeien maar lopen snel naar de flat, zetten de deur overeind en hangen hem er in één keer in. Daarna lopen ze achter elkaar de flat in. Lew staart hen na en kijkt daarna naar de grond. Het duurt vreselijk lang en hij krijgt het koud. Hij zou iets moeten doen maar hij weet niet wat. En als hij het wist, zou hij het toch niet kunnen. Het enige dat hij kan doen is wachten.

Hij heeft pas in de gaten dat ze weer beneden zijn als ze de laadklep dichtslaan. Hij schiet overeind en staart naar hen. Terwijl ze in de cabine stappen, kijkt degene die hem heeft geroepen op, ziet dat Lew er nog steeds zit en knikt. Tegelijkertijd glimlachend en fronsend. Met diepe omlaag gerichte rimpels die door zijn voorhoofd ploegen.

Het is een onmogelijke deur. Dik staal zonder zichtbare bouten of zwakke plekken en met zowel een sleutelgat als een gigantisch hangslot. De beugel is helemaal afgeschermd, dus je kunt er niet eens bij met een betonschaar. Er zit een briefje op de deur.

BESCHERMD EIGENDOM – VERBODEN TOEGANG VOOR ONBEVOEGDEN

Naast het sleutelgat is met twee stukken isolatieband een envelop in een plastic hoes geplakt: 'Kennisgeving Aan Voormalige Huurder/Bewoner'.

Lew trekt hem eraf.

KENNISGEVING AAN VOORMALIGE HUURDER/BEWONER

Mevrouw Sharon Neall,

Dit appartement nummer xx van The Overview Public Housing Trust Society Association Co-operative bla bla Avenue nummer xx is teruggevorderd en verzegeld krachtens bla bla bla nummer xx van de Gemeenteverordening. Deze terugvordering is het gevolg van uw weigering in correspondentie en onderhandeling te treden inzake uw betalingsachterstand dan wel inzake het exploot dat is betekend en door u in ontvangst genomen op de bla van de bla bla. Goederen en overige eigendommen die zich op dit moment in de verzegelde woning bevinden, kunnen via ons kantoor worden gerestitueerd binnen twee weken (14 dagen) vanaf de dagtekening van de terugvordering van de woning.

U heeft het recht tegen deze terugvordering in beroep te gaan. Een beroepschrift dient binnen twee weken (14 dagen) vanaf de dagtekening van deze kennisgeving te worden ingediend bij ons kantoor.

Met leedwezen,

Bla Bla

Lew schudt zijn hoofd, vouwt de brief twee keer dubbel en steekt hem in zijn achterzak. Hij kijkt omhoog naar het keukenraam. Het is open maar ver buiten zijn bereik. 'Shit.' Hij loopt terug naar het trappenhuis en nog een trap op, maar die eindigt bij een doodlopende gang met een gesloten deur: GEVAAR. VERBODEN TOEGANG.

Hij gaat weer naar beneden en probeert het langs de andere kant, de trap weer op, en dit keer is het deurkozijn versplinterd en staat de deur op een kier. Hij trekt hem open en vindt nog een trap, een smallere, die weer naar een deur gaat die uitkomt op een plat dak. Om de hoek van het gebouw ziet hij het balkon van Sha, net aan de overkant van de binnenplaats. Het is niet zo ver. En het steekt verder uit dan het dak erboven, en er loopt precies een afvoerpijp naar toe.

Als hij op het dak zou kunnen komen, kon hij over de nok de hoek om lopen tot hij boven de flat van Sha was. Dan zou hij zich of op het balkon kunnen laten vallen of omlaag kunnen klauteren langs de afvoerpijp.

Hij klimt omhoog langs de afvoerpijp die uitkomt bij het platte dak, pakt de goot van het dak zelf vast en hijst zich op. Het is opeens winderig. De dakpannen zijn steil. Het is glibberig. Het is hoog.

Hij had gedacht dat hij gewoon zou omlopen over de nok van het dak, maar nu is hij daar niet zo zeker meer van. Hij wil niet hoger gaan dan nodig is. De wind komt met vlagen. Stel dat hij opeens sterker wordt?

Niet overhaasten. Kalm aan. Hij loopt zo langzaam mogelijk over de binnenkant van het schuine dak, met zijn gezicht naar de dakpannen, voetje voor voetje. Als hij valt, zou hij omlaag kunnen glijden. Er is niets om zich aan vast te houden. Misschien is het toch beter via de nok, maar als hij een paar stappen hoger is, wordt hij nog banger en durft niet meer verder. Hij gaat stukje bij beetje terug.

Om de hoek van het gebouw. Hij kijkt naar beneden. 'O, kut.' Hij buigt zich voorover zodat zijn handen bijna het dak raken, maar dan beseft hij dat door de hoek die hij maakt zijn grip op de dakpannen bijna tot nul wordt gereduceerd. Hij gaat meer rechtop staan. Gewoon doorgaan. Nog een paar stappen. Voetje voor voetje. Zijwaarts. Hij is er bijna. Gehaald.

Hij laat zich langzaam zakken tot hij bij de goot is en kijkt dan voorzichtig over de rand. 'O, kut! Vergeet het maar.' Het balkon steekt lang niet zo ver uit als hij had gedacht, en het is lager dan het eruitzag, en de afvoerpijp zit een stuk verder onder de dakbalken. Maar hij kan niet terug. Hij moet terug.

Hij kijkt omlaag en het is alsof hij al valt. Hij moet het proberen. Hij kijkt naar de binnenplaats beneden hem. De grond zwaait in zijn richting, maar het is niet echt de grond, het ziet er niet hard uit, het is wazig, zacht. Hij concentreert zich op het balkon en de afvoerpijp. Zo ver is het niet, het is geen probleem, hij redt het wel.

Hij hoeft alleen zijn benen er maar omheen te slaan en zich naar de afvoerpijp te slingeren, en hij is er. Hij draait zich om en begint zijn benen te laten zakken. Hij zwaait ze in de richting van de afvoerpijp, maar ze schoppen alleen in de lucht. Als hij niet tot over zijn middel over de rand hangt, kan hij zich nooit ver genoeg buigen om erbij te kunnen. Hij wurmt zich nog een stukje lager, maar het is nog niet genoeg. 'Shit, shit, shit.' Hij hangt tot zijn middel over de rand en hij kan er nog steeds niet bij. Hij krijgt de zenuwen en probeert zich weer op te trekken, maar hij glijdt uit. 'O god!' zegt hij hardop, zo bang dat het geen vloek is. Hij klemt de goot onder zijn oksels. Hij bungelt. Hij heeft de goot in zijn handen en onder zijn oksels, zijn ellebogen steken in de natte rottende smurrie. Hij moet zich opdrukken, maar zijn armen zijn hulpeloos gebogen en er zit geen kracht meer in. Hij is te bang om het via de afvoerpijp te proberen. In plaats daarvan probeert hij een been omhoog te zwaaien maar het is te hoog en dan begint de goot door te buigen. Het zachte metaal van de goot begint het te begeven en er breekt opeens een steun af en zijn ellebogen schieten uit de goot en zijn armen worden met een ruk tot hun volle lengte uitgerekt en hij bungelt. Hij hangt met zijn vingers aan de dikke rand van de goot, maar het metaal begint te scheuren. Hij zwaait tegen de muur. De goot scheurt en vervormt. Hij houdt het niet meer. Gekromde vingers die zich strekken. Tegen de muur zwaaien. Hij valt. Komt rechtstandig op het balkon terecht en landt op zijn achterwerk.

De stroom is weer afgesloten: er is geen verwarming en geen licht meer en de flat koelt snel af. De wind waait naar binnen door het raam dat hij kapot heeft geslagen om binnen te komen vanaf het balkon.

Lew duwt met een voet de scherven in de hoek van de kamer en ruimt daarna de mokken en de asbak vol peuken af die de mannen van de gemeente op de tafel hebben laten staan. Hij doet de deur achter zich dicht en loopt naar Sha's slaapkamer, waar hij dekens om zich heen slaat en op haar matras gaat zitten met zijn rug tegen de muur. De spullen uit de lades liggen nog meer verspreid dan hij ze heeft achtergelaten. Hij kijkt er onaangedaan naar, haast zonder ze te zien.

Hij hoort een trein en vraagt zich af waar de spoorlijn is en waarom hij die in de andere kamer nooit heeft gehoord. Het klinkt als een vrachttrein, heel lang en steeds luider. Op een bepaald moment begint het slaapkamerraam te gonzen, en het gonzen stijgt langzaam naar een trage climax en houdt dan plotseling op. Maar hij kan de trein nog steeds horen. Een hele tijd.

Hij is blijkbaar in slaap gevallen want voordat hij weet wat er gebeurt, rammelt er iemand aan zijn schouder. 'Hé, knul, wakker worden. Wat doe je hier?'

Lew duwt zich omhoog op de bank en knippert met zijn ogen. Hij is niet beledigd, hij ís een knul, acht of negen, meer niet. Hij weet waar hij is – het is het oude station. De ramen van de wachtkamer zijn dicht en het is er zomers benauwd door verschaald zweet en oude sigarettenrook. De man die zich over hem heen buigt, heeft een conducteursuniform aan. 'Heb je je trein gemist of zo? Wacht je op iemand?'

Lew staart naar de klok boven hem en probeert zich te herinneren wat hij ook weer moest zeggen. De conducteur kijkt vriendelijk maar bezorgd. 'Twee uur geleden toen ik met de 2.17 vertrok, was je hier ook al.' Hij gaat naast Lew zitten en zet zijn leren tas tussen zijn voeten op de grond. 'Hoe heet je? Hou je van kauwgom?'

Lew kijkt hoe de vingers van de man een staafje kauwgom uitpakken.

'Lew!' Sha verschijnt in de deuropening van de wachtkamer. Het haar om haar gezicht heen is nat. De lippenstift en eyeliner zijn verdwenen en haar gezicht ziet er bleek en kaal uit.

'Hallo,' zegt de conducteur. 'Is dit je broertje?'

'Nee, mijn verloofde, nou goed?'

Lew loopt al naar de deur met zijn tas in zijn hand. Sha pakt hem bij zijn arm en sleurt hem het perron op. Ze knijpt hard. 'Ik heb je nog zó gezegd dat je met niemand mocht praten. Dat was toch niet zo moeilijk? Godallemachtig!'

Later lopen ze in de zon over straat. Niet ver van huis.

'Weet je wat?' zegt Sha. 'We gaan een ijsje kopen. Je mag twee bolletjes. Nee, drie. Maar niks tegen mama zeggen, je weet hoe ze is.'

Lew doet zijn ogen open en staart naar Sha's plafond. Het is donker – hij weet niet hoelang hij geslapen heeft. In de seconden voordat de droom verdwijnt, komt hij als een herinnering bij hem terug. Hij was het helemaal vergeten, dat Sha hem had laten wachten op het station. Hij was daar tijdenlang geweest – mensen kwamen, wachtten en gingen, het zonlicht kroop over de grond.

Hij wurmt de verstrengelde dekens onder zijn rug en schouders vandaan en spreidt ze over zijn borst en benen. 'Mijn zus heeft haar portemonnee in de winkel laten liggen, ze is hem gaan halen, ik moet hier wachten.' Dat had hij moeten zeggen tegen iedereen die hem iets vroeg.

Hij doet zijn ogen dicht en haalt diep adem. Zelfs terwijl hij daar in het donker op de matras op de vloer ligt, voelt hij zich niet goed. Alsof de LSD nog steeds niet is uitgewerkt. En hij merkt het des te meer nu er niets gebeurt. De deken kriebelt tegen de huid van zijn armen, een matrasveer kronkelt zich onder zijn rug – hij voelt allerlei dingen, dingen waarvan hij normaal geen last zou hebben, maar het gevoel komt op de een of andere manier van verder weg, alsof hij een stap achteruit heeft gedaan in een nieuwe kamer dieper in zijn binnenste. Ergens waar hij nooit heeft willen zijn.

Lew pakt de laatste kaarsen uit de la en steekt ze aan op een etensbord. Hij haalt een tekening van krijtkrabbels van de muur, schrijft er met grote letters Skip achterop en legt hem op een stapel bij de rest van zijn spullen. Daarna schrijft hij een brief aan Sha om uit te leggen wat er is gebeurd. Hij vertelt haar waar ze Paul kan vinden en zegt daarna, bij gebrek aan een betere of zelfs maar andere mogelijkheid, dat hij ook zal proberen daar contact met haar op te nemen. Hij doet de brief in een envelop, schrijft 'Persoonlijk – Sharon Neall' op de buitenkant en zet hem rechtop tegen twee boeken op de tafel. Hij stopt de bibliotheekboeken in zijn tas en schrijft een PS op de achterkant van de envelop om te zeggen dat hij ze zal terugbrengen. Daarna laat hij *De zwanen* erbovenop glijden en voegt er een berichtje voor Skip aan toe om te zeggen dat hij het heeft geleend. Hij pakt zijn spullen in en een paar kleren van Sha en gaat liggen. Eindelijk komt de slaap makkelijk en zonder nachtmerries.

Als Lew wakker wordt, gooit hij de dekens van zich af en kleedt zich meteen aan. Hij doet het keukenraam zo ver mogelijk open, klimt op het aanrecht en leunt naar buiten met zijn tas in zijn ene hand. Hij laat hem zo ver mogelijk zakken, en los! De tas valt op de overloop, met een doffe, mismoedige plof. Daarna gaat Lew zelf het raam uit – eerst zijn voeten, dan aan de vensterbank hangen, soepel landen met gebogen knieën – en pakt hem op.